KB201714

여기,

　좋은 마음만

담기로 해

일러두기

• 그릇의 브랜드와 제품명은 외래어표기법을 따랐습니다. 그러나 대중적으로 월등히 많이 쓰이는 용례가 있는 경우 해당 표기를 따랐습니다.

그릇 위에
차려낸
가장 소중한
순간들

여기,
좋은 마음만
담기로 해

김은령 지음

오후의
서재

프롤로그

그릇에게
보내는

긴
연애편지

"흙이나 돌 위에 음식을 올려놓고 먹으려니 영 불편하네, 나뭇잎도 마땅치는 않고… 평평하거나 오목한 무언가를 만들어 담아 먹으면 어떨까."

오래 전 인류 조상 중 누군가가 이렇게 결심하고 실행에 옮긴 순간, 문명이 발전하기 시작했다고 나는 믿는다. 한참 전 사람들은 대충 손으로 집어먹다가 나뭇잎이나 조개껍질에 음식을 담아서 먹었다. 그 후 토기를 만들어 뭔가 제대로 보관하고 상을 차리기 시작했고, 청동과 철을 사용해 더 단단한 도구와 그릇들을 만들어 썼다. 적절한 흙을 찾아내고 광물을 이용해 유약을 만들어 쓰면서 가볍고 깨지지 않는 도자기를 만들었다. 급기야 여기에 그림을 그리고 장식을 하기 시작했다. 이런저런 그릇을 만들어 음식을 담으면서 미감이 발전했을 것이고, 어떤 음식을 어디다 담는 것이 편하고 안전한지 생각하다 보니 지성이 발전했을 것이 틀림없다. 왜 역사 교과서에 인류 문명의 발전 단계와 '그릇'이 함께 등장하는지 충분히 이해가 되었다.

세상에서 가장 오래되었고 가장 다양한 용도를 지니며 동시에 아름다운 고안물이 바로 그릇이다. 먹는 것을 좋아하는 사람은 자연스럽게 온갖 음식을 담는 각종 그릇에 매혹되곤 한다. 잡지 기자라는 직업을 가지며 매달 새로 나오는 물건과 누군가가 갖고 있는 근사한 물건을 소개하는 일을 하다 보니, 많은 그릇을 구경했고 촬영했고 그중 어떤 것은 내 것이 되었다. 직업상 늘 '물욕'의 공격을 받게 되는데 수비력은 빵점, 소비력은 만점인 나는 '촬영할 때마다 빌리려면 시간과 에너지가 너무 많이 필요해! 사 놓았다가 집에서 써도 되잖아?' 하는 핑계로 당장 쓰지도 않을 다양한 그릇들을 사들였다. 하지만 굽 마무리가 제대로 안 된 커다란 접시는 식탁 위에 깊은 흠집을 만들었고, 무거운 면기를 그릇장에서 꺼낼 때면 미리 심호흡을 하고 조심 또 조심해야 했다. 예쁘기만 한 그릇을 별 생각 없는 내가 샀으니 시행착오의 연속이었지만 그마저도 즐거웠다.

그릇의 유행은 음식의 유행과 맞닿아 있고 사는 방식과도 연결되어 있다. 전 세계 다양한 음식이 소개되고 '라이프스타일'에 다들 관심을 갖게 되면서 우리나라에도 유명한 테이블웨어들이 들어오기 시작했다. 아름답고 쓰기 좋은 그릇을 만드는 도예가가 많아진 덕에 근사한 그릇 만나는 일도 어렵지 않게 되었다. 세상의 모든 소비는 셀 수 없이 많은 실패를 통해 나름의 맥락과 방향을 정리해간다. 나 역시 결혼을 하며 내 부엌이 생기자 직접 음식을 만드는 일이 훨씬 많아졌고 필요한 그릇을 고르는 기준도 변하게 되었다.

회사 다니며 돈을 벌어 그릇과 조리도구를 사고, 그릇을 사기 위해 가방 한 쪽을 비워놓고 여행을 다녔다. 이렇게 모아둔 그릇이 부엌과 마루와 방에 자리를 잡았다. 어디에 내놓고 자랑할 것도 아닌, 매일 밥을 차려내고 간식을 담아 먹고 차와 술을 마시는 평범한 일상의 물건이 정신없이 놓여 있는 모습을 보면 이것저것 조금씩 하느라 뭐 하나 제대로 하지 못한 내 인생을 보는 것 같았다.

하지만 기분이 처지거나 우울할 때 이런저런 그릇을 꺼내 밥을 차려먹은 덕에 일상이 조금 더 즐거워졌다. 꺼내 쓰고 깨끗이 설거지해놓고 여기저기 자리를 바꿔 보관하고. 온갖 색과 모양의 그릇을 보고 있는 것만으로도 치유되는 기분이 들었다. 모습은 제각각이지만 나름의 방식으로 예쁘고 성실한 그릇들. 헤어지는 것이 무서워 강아지나 고양이를 키우지 못하고, 무슨 일인지 우리 집에 오면 말라죽어버리는 것이 미안해 식물도 키우지 못하는 나에게 가장 마음 편한 인생의 '반려'는 이런 일상의 그릇들이다.

그릇을 가리켜 '음식이 입는 옷'이라고 한다. 옷이 우리 몸을 온갖 위험으로부터 보호해주고 입는 사람의 개성과 특징을 보여주는 것처럼, 그릇은 안전하게 음식을 담아내고 때와 분위기에 맞게 음식에 매력을 더해준다. 이런 그릇과 음식에 대해 이야기할 때 가장 신난다. 그릇 좋아하는 사람들을 서울 광화문 도로 원표에서 시작해 부산까지 줄 세운다면 나는 아마 광화문 바로 옆 횡단보도쯤 서 있을 것 같다. 박물관을 차려도 좋겠다 싶을 정도로 아름다운 그릇을 수집하는 분들도 많고 좋아하는 브랜드와 좋아하는 작가를 주제로 근사한 그릇장을 꾸민 사람도 많다. 멋진 그릇에 맛있는 음식을 차려내는 분들은 더더욱 많다. 언젠가는 그런 분들을 만나 이야기를 듣고 책을 만들고 싶었는데 일단 평범한 내 그릇 이야기로부터 시작하기로 했다.

그러니까 이 책은, 왜 이 수많은 그릇이 필요했는지에 대한 긴 변명이자 셀 수 없이 많은 끼니를 함께하며 온갖 추억을 만들어준 그릇들에게 보내는 연애편지 같은 것이다.

2025년 봄날에

김은령

차례

Part 1

담다

나에게
선물하는
안녕한
하루

그릇 좋아하는 배우자와

산다는 것

"사람들 많을 때는 제발 그러지 마."

레스토랑에 갔다가 마음에 들거나 독특한 그릇이 나오면 살짝 접시나 컵을 뒤집어 브랜드를 확인하곤 하는데, 그때마다 남편은 내 팔을 툭 치며 작은 목소리로 속삭인다. 그런 한편 여행 중 그릇 가게나 주방용품 가게에 들러 살까 말까를 한참 망설이고 있으면 "나중에 후회하지 말고 마음 편하게 그냥 사라"고 응원해준다. 어깨가 아플 정도로 무언가를 사들이면 무거운 짐을 함께 들어준다. 잔뜩 쌓아 놓은 그릇 중 마음에 드는 걸 꺼내 쓰려고 하면 저 멀리서 달려와 "그건 사용하는 게 아니라 관상용이라 안 돼!" 하고는 빼앗아 그릇장에 집어넣는 아내의 이해할 수 없는 행동도 참아 준다. 그릇을 좋아하는 배우자와 살기란 쉽지 않은 일이다. 차라리 이 일에 같이 뛰어드는 것이 최상의 해결책일지도 모른다.

모든 것은 하늘색 줄을 두른 접시 한 장에서 시작되었다. 오래 전 삼청동 산책길에 빈티지 팝업 매장을 보고 잠시 들어갔다가 평소 갖고 싶었던 접시를 사 왔다. 깨끗이 씻어서 말리는 동안 남편이 지나가다 "하늘색 줄을 두른 접시가 너무 예쁘다"며 감탄하기에 "스티그 린드베리Stig Lindberg, 1916-1982가

디자인한, 스웨덴 도자기 브랜드 구스타브스베리Gustavsberg의 다트Dart 라인"이라고 이야기해주고 잊어버렸다. 그런데 2주쯤 지나 묵직한 DHL 소포가 남편 앞으로 도착했다. 겹겹이 싼 종이를 벗겨 다트 시리즈의 커피잔 5인조 세트를 꺼내며 남편은 말했다. "내가 처음으로 인터넷 해외 직구로 산 그릇이야." 다양한 종류로 많이 갖고 싶은 나는 그릇이나 커피잔을 살 때면 기본 1인조, 기껏해야 2인조 정도를 사는 편인데 통 크게 5개 세트를 주문하다니. 남편, 우리 집에 이미 커피잔 많아도 너무 많아….

구스타브스베리의 다트 시리즈는 1977년에서 1984년 정도까지 생산된 반유광 스톤웨어다. 미세한 푸른색 깨점이 보이는 크림색 바탕에 손으로 그린 푸른색 밴드가 둘러져 있다. 컵 바닥에는 희미한 가마 자국과 함께 6개의 돌기가 있다. 이 돌기 덕분에 컵이 테이블이나 바닥에서 살짝 떠 있게 돼서 묘한 긴장감을 주는 동시에 물기 등으로 인해 컵이 미끄러지지 않도록 해준다. 컵 아랫부분에서 한 번 꺾이는 디자인이라 쌓아 보관할 수 있으며 손잡이 부분이 큼직해 웬만한 성인 남자도 검지손가락을 걸기 편하다.

유럽 어딘가의 회사나 공장 구내식당에서 썼을 법하게 튼튼하며 기능적인데 그래서 또 묘하게 사랑스럽다. 최근 빈티지 그릇에 대한 관심이 커지며 구스타브스베리를 대표하는 몇몇 라인은 재발매되었지만 다트 시리즈는 인기가 많은 편이 아닌지 재발매 소식은 없다. 엄청나게 귀해 컬렉터의 관심을 끄는 라인이 아니고 그 덕에 가격도 비싸지 않지만 실용적이고 튼튼하다. 그런데 남편이 이런 그릇에 마음을 빼앗겼다는 것이다. 오, 일단 자기만의 안목은 인정.

어느 날 퇴근하고 집에 들어가니 의자 위에 못 보던 커다란 파티 접시와 책에서나 보았던, 스티그 린드베리의 디자인을 대표하는 잎사귀 모양의 접시가 놓여 있었다. 그다음 주에는 일러스트레이터이기도 했던 린드베리 특유의 행복한 풍경이 그려진 접시가 도착했다. "나 이제 구스타브스베리 중에서 스티그 린드베리가 디자인한 그릇을 좀 모아볼까 해." 목표가 좁혀지고 분명해지고 있었다.

좋아하는 브랜드나 특정 라인, 디자이너가 생긴다면 그릇을 모으고 사용하는 일이 더 즐거워진다. 남편의 경우는 그것이 스티그 린드베리였다. 다양한 분야에서 활약해 스웨덴을

스티그 린드베리가 디자인한 '구스타브스베리' 그릇

대표하는 디자이너로서 사랑받는 그는 구스타브스베리에서 아트디렉터로 일하며 사람들이 열광하는 많은 디자인을 탄생시켰다. 초록색 잎사귀 문양의 '베르사Berså', 진한 갈색의 촘촘한 라인이 인상적인 '스피사 립Spisa Ribb' 등이 대표작이다.

구스타브스베리의 역사는 스웨덴의 작은 마을 구스타브스베리의 벽돌 공장을 인수한 요한 헤르만 외만이 정부로부터 도자기 제조 허가를 받은 1825년으로 거슬러 올라간다. 스웨덴 왕실의 테이블웨어를 생산하기도 한 구스타브스베리는 기술 개발에 힘을 써 본차이나(동물의 뼛가루를 포함한 자기)를 만들었고, 스웨덴은 물론 북유럽을 대표하는 브랜드가 되었다. 구스타브스베리의 전성기는 빌헬름 코게Wilhelm Kåge와 그의 제자인 스티그 린드베리가 디자인과 생산을 총괄한 20세기 초반에서 중반까지였다. 지금도 사람들이 사랑하는 구스타브스베리 제품은 대부분이 이때 태어났다.

그러나 1990년대에 들어 전 세계 도자기 산업이 침체를 겪자 구스타브스베리도 내리막길을 걸었고 결국 독일의 도자기 브랜드 빌레로이&보흐Villeroy & Boch에 팔리게 됐다. 이제 구스타브스베리의 이름은 추억 속 빈티지 제품에서 발견할 수밖에 없다. 긴 노력 끝에 좋은 제품을 만들었음에도 망해버린 브랜드, 젊은 아트디렉터로 브랜드의 전성기를 이끈 천재 디자이너, 그가 남긴 다양한 그릇들. 왠지 쓸쓸해서 더 마음이 끌리는 스토리 아닌가.

우연히 접시 하나에 마음이 끌려 이런저런 자료를 찾다 스토리에 반해 더 빠져들어가 미친 듯 검색을 하게 되는 빈티지 그릇 쇼핑. 빨개진 눈으로 밤늦게까지 이베이eBAY와 엣시Etsy를 드나들며 모니터를 노려보는 남편의 모습이 어디에선가 많이 본 듯했다. 얼마나 진심이었던지, 내용을 짐작할 수도 없어서 그냥 사진만 봐야 하는 스웨덴어판 스티그 린드베리의 책까지 배달되어 왔다.

그 후에 다시 다트 시리즈의 커피잔 2인조와 커피팟이 배달되었다. 다트 커피잔은 이미 5개나 있지 않냐고 말했더니 "팟만 따로 팔지 않는다고 하니 어쩔 수 없잖아." 조곤조곤 설명해준다. 연말엔 1980년대 초반의 크리스마스 플레이트 5장이 도착했다. 스티그 린드베리가 크리스마스 플레이트를 디자인한 1981년부터 1985년까지 5년간 나온 접시를 모아놓은 세트였다. 이어 플레이트Year Plate는 그해에만 선보이고 재발매되지 않는데 이베이를 통해 한꺼번에 구한 것이다. 그 후 다트 라인의 커다란 볼과 서빙용 그릇, 샐러드 볼, 소스 팬이 도착했고 이어서 그가 디자인한 디너 접시와 아담과 이브 커피잔 세트가 합류했다. 나도 검색하다 스티그 린드베리 디자인의 그릇 중 사고 싶은 게 있어서 확인해보면 '최근 판매 완료' 혹은 'Pre-Owned'가 뜨곤 했는데 그중 상당수의 주인공이 남편이었을지도 모른다.

이제는 내가 그릇을 꺼내 쓸 때마다 "좀 조심해서 사용해줄래?" 하고 요청하거나 자신이 사들인 스티그 린드베리 그릇은 따로 보관하면 안 되겠냐고 물어온다. "무슨 소리야, 내가 산 그릇은 내 거, 당신이 산 그릇도 내 거지" 하고 말하고 싶었는데 결국 그릇장 한 칸을 남편의 컬렉션을 위해 비워줬다. 사소하고 말도 안 되는 부분에서 경쟁자이자 조력자, 동지가 되어주는 것이 고마웠고 또 재미있었기 때문이다. 사랑이 뭐 대단한가. 좋아하는 것 같이 좋아하고 싫어하는 것 안 하는 거지.

여전히 해외 택배가 가끔 도착한다. 스웨덴과 미국과 호주에서 날아온 택배를 받을 때마다 남편은 "지금 사놓는 빈티지 그릇이 우리 두 사람 나이 들어 용돈 필요할 때 도움이 될 수도 있다"고 몇 번이나 힘주어 말한다. 어쩌다 보니 '전도'에는 성공했는데, 나보다 더 독실한 신자를 만들어낸 것 같은 이 기분은 뭘까. 개미지옥인 빈티지 그릇 직구 세계에 참여한 걸 환영해. 당신은 지옥의 문을 열었고 결코 이전 상태로 돌아갈 수 없어. 검은 머리 파뿌리 될 때까지 우리는 같이 달리는 거야.

이 정도면
충분히 괜찮은,

백자

오늘은 점심에 짜장면이나 떡볶이를 먹어서는 안 된다. 매일 사용하는 볼펜도 평상시보다 조심해야 한다. 왜냐하면 흰색 셔츠를 입고 출근했으니까. 작은 얼룩이나 사소한 티 하나만 묻어도 누구나 100미터 밖에서 알아챌 것이다. 아, 흰색을 바탕으로 삼는 날은 좀 피곤하다. 하지만 그 피곤함을 이겨버릴 정도로 매력적인 것이 흰색이다. 시간과 공간을 초월해 100퍼센트 절대적이며 무한한 색. 색이기도 하고 색이 아니기도 한 투명한 색. 호화로운 동시에 단순하고, 시작이자 끝인 색.

그렇기 때문에 만일 그릇을 단 한 가지만 선택해야 한다면 아무런 무늬도 없는 흰색 그릇이 가장 먼저 떠오를 것이다. 흰색 캔버스처럼 그 어떤 음식이라도 다 올릴 수 있다. 쉽게 질리는 일도 없고 불필요한 관심은 모두 지워버리고 음식 그 자체에 집중하게 해준다. 양식이나 중식, 일식을 올려놓아도 아무 문제없다. 고추장과 간장을 많이 사용해 음식이 대부분 붉고 어두운 한식 상차림에는 더욱 적합하다. 이제 막 독립해 처음 상을 차려보는 자취생은 물론, 최고급 파인 레스토랑의 셰프에 이르기까지 모든 사람들의 손에 모두 들려 있는 것은 흰색 그릇이다.

내 부엌을 꾸리게 되면서 제일 먼저 구매 리스트에 올려놓았던 것 역시 흰색 그릇이었다. 결혼 전부터 한두 개씩 사 모으다 보니 이미 흰색 그릇은 많이 갖고 있는 터였다. 어느 날 흰색 그릇 몇 개를 꺼내 상을 차렸는데 뭔가 이상한 느낌이 들었다. 그러다 깨달았다. 그저 '흰색'이라고 단순하게 말할 뿐이지 엄밀하게 살피면 다 같은 흰색이 아니었다. 브랜드나 라인, 작가마다 만들어내는 흰색이 달랐다. 형광빛이 나는 흰색, 미색에 가까운 흰색, 베이지색이 도는 흰색, 희끄무레한 색…. 만드는 방식에 따라, 사용하는 유약에 따라, 가마에 불을 땔 때 산소를 어느 정도로 공급했느냐에 따라 푸르스름한 빛을 내기도 하고 노란색이 돌기도 한다. 하나씩 꺼내 쓸 때는 몰랐는데 햇빛 아래 여러 개를 꺼내 놓고 쳐다보고 있으려니 심란했다. 차라리 울긋불긋 색깔이 다른 그릇이라면 그 충돌이 주는 에너지라도 있을 텐데, 색이 주는 느낌과 광택이 모두 다른 흰색 그릇들이 줄지어 있으니 깨끗하게 닦지 않아 얼룩덜룩한 느낌이었다.

센스 있는 사람은 그릇을 '세트'로 사지 않는다고, 각기 다른 라인을 섞어내는 '믹스 앤 매치'가 진짜 멋진 거라고 이야기하는 전문가도 많던데 그건 탁월한 감각을 갖춘 사람에게나

해당되는 말이었다. 상상력이 좀 부족해 보이면 어떤가, 별로 잘 만들지 못한 음식을 그나마 볼품 있게 차려내고 싶고, 어떤 그릇들을 어떻게 섞어 쓰나 고민 많은 나 같은 사람에게는 통일감과 안정감을 주는 '세트'가 역시 마음 편하다.

본격적으로 매일 편하게 사용할 흰색 그릇을 찾아 나섰다. 유명한 브랜드는 일단 가격이 너무 비쌌다. 접시와 볼, 밥그릇과 국그릇 등의 용도에 따라 다양한 그릇을 사야 하고 4~6인용 정도는 필요할 텐데 그렇다면 한 번에 꽤 큰돈을 들여야 한다. 레스토랑이나 호텔용 그릇을 파는 도매상도 가보고 도예가의 전시장도 기웃거렸다. 언제나 꺼내 쓸 수 있고, 건강이나 안전에 문제없어야 하며, 튼튼해 관리하기 쉽고, 싫증나지 않을 그릇. 이런 조건을 맞추기는 쉽지 않아서 한동안 숙제처럼 남아 있었다. 그러다 생각지 못한 곳에서 마음에 드는 그릇을 발견했다. 무인양품 테이블웨어 코너의 백자 라인이 눈에 띈 것이다.

도석陶石을 빻아 살짝 푸른빛이 도는 것도, 미묘하게 줄무늬를 얹어 단조롭지 않아 보이는 것도 마음에 들었다. 큐슈에서 채취한 재료로 사가현과 나가사키현의 요업 회사들이 팀을 꾸려 개발하고 후쿠이현 공장에서 생산한 지역 협업 프로젝트의 결과물이라고 한다. 아주 싸다고는 할 수 없는 가격이지만 그렇다고 살 수 없을 정도의 부담스러운 가격도 아니다. 한식과 양식 테이블 세팅이 모두 가능한 다양한 크기와 용도, 디자인이고 무게도 적당해 꺼냈다 넣었다 할 때 부담도 적었다. 계절 한정판도 아니고 특별한 라인도 아니며 언제나 매장에 가면 구할 수 있는 그릇이라 깨져도 바로 채워 넣을 수 있다. "노 로고, 노 디자인, 노 마케팅"을 내세우며 시작한 무인양품이 40년 넘게 인기를 누려온 것은 이런 제품들 때문이 아니었을까. 무인양품의 디자인을 총괄한 하라 켄야原研哉는 인터뷰에서 이렇게 말했다.

> "무인양품의 상품을 살 때 '이것이 갖고 싶다'가 아니라 '이것으로 충분하다'고 느끼게 되면 좋겠다고 생각했습니다. 모자라지도 넘치지도 않는 제품을 사용하는 게 오히려 이성적이고 똑똑한 것임을 알게 되는 건 기분 좋은 일이지요. 사용자 스스로 이런 사실을 깨달을(awaken) 수 있길 바라는 마음으로 상품을 만듭니다."

비싸고 크고 많을수록 좋다고 생각해 끝 간 데 없이 달리는 세상에서, 이쯤으로 충분하지 않냐고 묻는 물건과 브랜드가 점점 더 늘고 있으니 반가울 뿐이다. 기본적인 의식주에 있어서 환경에 문제를 덜 일으키는 괜찮은 품질과 디자인의 물건을 만들고 사용하는 것은 미의식과 관련되는 일이면서 윤리의식과도 연관 있는 일이다.

"매일 걱정하게 되는 온갖 환경문제는 필요 이상의 지나친 풍요를 누리려는 우리의 욕심으로 생겨난다." 호프 자런의 책 《나는 풍요로웠고 지구는 달라졌다The Story of More》를 번역하면서 기억에 남은 말이다. 모두가 선망하는 귀한 물건이 보여주는 아름다움이 존재하는 동시에 많은 사람이 접근할 수 있는 보편타당함의 아름다움도 존재한다. 비싸고 화려한 삶을 목표로 삼아 정신없이 달리다가, 이렇게까지 할 일이었나 숨을 고른 후 조금 비우고 덜어내고 내려놓는 것. 무관심이나 포기가 아닌 '적극적인 타협'이자 '느긋한 자제'의 의미를 익히기 위해 노력 중이다. 너무 비싸지도 너무 싸지도 않지만 쓰기 편하고 보기 좋으며 오래 쓸 수 있는 것들. 딱 '적당한' 것들로 채워가는 일상의 의미를 조금 빨리 깨달았다면 돈도 시간도 덜 낭비했을 텐데. 세상 모든 깨달음은 늘 너무 늦게 찾아온다.

설마, 내가
꽃무늬 찻잔을

꺼내
들다니

컵과 컵받침에 온통 장미가 그려져 있고 금박이 둘러진 4인조 커피잔 세트를 선물 받은 것은 20대 후반의 일이었다. '나는 꽃무늬 그릇은 절대 안 쓸 거 같은데' 생각하고 어딘가 넣어두고 잊고 있었다. 어느 날 대청소를 하다가 포장 그대로 20년 넘게 잠자고 있던 이 로얄 알버트Royal Albert 찻잔 세트를 발견했다. 몇 겹이나 둘둘 싼 종이를 벗기고 나서 본 찻잔은… 생각보다 훨씬 예뻤다. 언제부터 예뻤나? 예전에도 예뻤나? 원래 예뻤는데 20년 전의 내가 몰랐던 건가?

알버트 왕자는 나중에 영국의 조지 6세로 즉위했다. 엘리자베스 2세 여왕의 아버지이기도하다. 이분의 이름을 따서 1904년 설립된 것이 영국의 도자기 브랜드 로얄 알버트. 그런 로얄 알버트를 대표하는 것이 1962년 처음 선보인 '올드 컨트리 로즈Old Country Roses' 라인이다. 영국 전원에서 자주 볼 수 있는 붉은색과 분홍색, 노란색 장미를 그려 넣은 화려함으로 전 세계에서 큰 인기를 끌었다. 도자기 산업이 불황을 겪으며 로얄 알버트도 주인이 여기저기로 바뀌었고 제작비를 줄이기 위해 생산 라인도 동남아시아로 옮겨갔다. 그 후 다양한 그릇에 이 문양이 등장했다. 어떤 홈쇼핑 방송에서인가 '황실장미'

라는 별명으로 올드 컨트리 로즈가 찍힌 한식 반상기가 등장해 놀란 기억도 있다.

우연히 발견한 김에 꺼내서 먼지를 털어내고 차를 따라 보았다. 내가 선물 받은 것은 이 문양의 탄생 25주년 기념 디자인이었다. 로얄 알버트의 대표적인 컵 형태인 '몽트로즈 Montrose' 스타일, 살짝 들려 위로 올라간 화려한 손잡이를 조심스럽게 잡았다. 찻잔 바닥에 굽이 달려서 우아하고 보온 효과도 좋다. 찻잔 테두리와 손잡이, 굽, 받침 가장자리는 수작업으로 22k 금칠을 해서 반짝거린다

정신없이 어지러운 집에서 늘어난 티셔츠와 트레이닝 바지를 입고 잔뜩 힘준 새끼손가락을 뻗친 채 이 고풍스러운 잔을 들고 있다니. 무슨 어울리지 않는 풍경인가 싶어 웃음이 나왔지만 그 덕에 우울하던 기분이 조금은 나아졌다. 역시 반짝거리고 아름다운 것들은 좋은 기운을 불러온다.

꽃무늬는 클래식 스타일, 컨트리 풍, 로맨틱 무드 등의 중요한 요소로 오래 사랑을 받았다. 영국에서는 빅토리아 시대 때부터 꽃무늬가 대중적으로 크게 인기를 끌었는데 그 당시 사람들이 집을 꾸밀 때는 화려하고 정교한 꽃무늬가 그려진

가구와 벽지, 그릇이 필수였다고 한다. 차가운 금속의 느낌, 흑백의 강한 대비, 추상적이고 간결한 이미지를 선호하는 미니멀리즘이 유행하며 꽃무늬에 대한 선호는 조금 수그러들었지만 그래도 여전히 강력한 사랑을 받고 있었다.

대량 생산 가구와 생활용품을 만들어내는 이케아IKEA가 1990년대 영국 시장에 진출하며 가장 먼저 해결해야 했던 것이 바로 꽃무늬 위주의 인테리어였다고 한다. 오죽하면 꽃무늬 염색 기법을 의미하는 '친츠Chintz'에서 이름을 가져와 '친츠 쫓아내기Chuck out your chintz'라는 광고 캠페인을 벌일 지경이었다. 궁금해서 오래된 유튜브 영상을 찾아보니 "선택과 지위에 있어서, 일자리와 임금에 있어서/힘들게 싸워 여기까지 먼 길을 왔는데/이 꽃무늬 장식들이 우리 이미지를 망치고 있네…*" 하는 노래를 배경에 깔고 여성들이 꽃무늬 벽지와 커튼, 가구를 던져버리며 테이블 위 꽃무늬 식기를 테이블 그대로 들어 치워버리는 장면이 나왔다. 나 역시 꽃무늬를 별로 좋아하지 않지만, 뭐 이렇게나 미워할 일인가.

생각해보니 나는 화사한 원색이나 사랑스러운 파스텔톤

* We're battling hard and we've come a long way, In choices and status, in jobs and in pay, But that flowery trimmage is calming our image…

을 가까이한 적이 별로 없었다. 하물며 꽃무늬라니. 클래식하고 자연친화적이긴 하지만 뭔가 비현실적이며 지나치게 낭만적으로 보였다. 아무 고민 없이 평화로운 세상이 아니라 해결해야 할 문제가 잔뜩 쌓여 있는 현실 세계에서 조금이라도 더 강하게 보이려면 꽃무늬가 아닌 검정색이나 회색, 진한 청색 같은 무채색이 효과적이라고 생각했다. 부드럽고 행복하고 한가롭게 보여서는 이 세상에 내 자리를 제대로 만들기 어려울 것 같았다. 그릇을 포함해 내가 쓰는 물건들 역시도 단순하고 밋밋한 디자인이었다. "복잡한 패턴과 화려한 색에 신경 쓸 여지는 없어!" 하고 스스로에게 이야기하고 싶었던 것일지도 모른다.

하지만 극단은 다른 극단으로 통하기 마련이다. 긴 시간 세상과 이런저런 싸움을 하며 많이 졌고 가끔 이기기도 했다. 그러다 무채색으로 엄격한 세상에 지겨워지며 더 많은 색채와 화려한 장식이 주는 유쾌함을 원하게 되었다. 꽃무늬에 대한 막연한 거절도 그만두었다. 싫어하기 위해 싫어하는 것처럼 바보 같은 일이 없다고 생각하게 된 것이다.

아니, 사실은 꽃무늬가 얼마나 아름다운지 확인하게 되었다. "꽃 사진을 찍기 시작하면 나이 들었다는 증거"라고 농담을 하는데, 꼭 틀린 말만은 아닌 것 같다. 예전에는 잘 모르고 지나쳤던 자연의 아름다움, 내 취향이 아니었던 아름다움을 발견하게 된 것은 시간이 선물한 성숙함 덕분이 아닐까. 그림에 대한 선호도 비슷하다. 마크 로스코의 강렬하고 미니멀한 그림이 멋지다고 생각했던 20, 30대에는 흐드러지게 피어 있는 꽃과 분홍색 뺨을 지닌 소녀가 등장하는 르누아르의 그림은 진부하다고 생각했다. 그런데 지금 와서 보니 꽃무늬를 대단히 좋아해야 할 이유가 없는 것처럼 또 싫어해야 할 이유도 없었다.

로얄 알버트의 황실장미 커피잔을 꺼내 든 이후에는 예전 같았으면 관심 주지 않았을 그릇들이 하나씩 눈에 들어왔다. 아라비아 핀란드의 강렬한 '파라티시Paratiisi', 접시 위로 옮겨온 식물도감 같은 포트메리온Portmerion의 '보타닉 가든', 페르시아 풍 꽃무늬를 새긴 노리다케ノリタケ의 '하나사라사花更紗' 같은 그릇이 새삼 다르게 보이기 시작했다. "요란한 패턴이나 꽃무늬 그릇은 나에게 어울리지 않아" 하고 말하던 지난 날 같은 건 기억도 나지 않아서 뒤늦게 이런 그릇들을 열심히 찾아 구경하고 있다.

'선택과 지위에 있어서, 일자리와 임금에 있어서, 여자들이 힘들게 가야 할 먼 길'을 조금 가볍게 달리기 위해 장식 많은 꽃무늬를 의도적으로 던져버려야 했던 때도 있었다. 많은 여성들의 노력 덕에, 이제는 꽃무늬건 줄무늬건 아니면 색도 없는 민무늬건 원하는 찻잔에 차를 따라 마시며 내키는 대로 내 길을 가게 되었다. 이런 상황을 20년 전 예견하고 장미꽃 가득 그려진 찻잔을 선물해준 분의 선견지명에 감사할 뿐이다.

취향이나 선호가 어떻게 바뀔지 알 수 없는 일이고 그래서 인생이 더 재미있어지는 것일지도 모르겠다. "절대 안 돼!" 하고 쉽게 말했던 나는 "그게 뭐 어때서" 하고 말하는 것을 연습 중이다. 인생이 어떻게 흘러갈지 아무도 모르는 것이니 '네버 세이 네버Never say never', 절대 안 된다는 말은 절대 하지 말아야 한다는 것을 기억하며 말이다.

"한 송이 꽃의 기적을 명확히 볼 수 있다면,
우리 삶 전체가 바뀔 것이다."

_부처

"If we could see the miracle of a single flower clearly,
our whole life would change."

_Buddha

그릇_최종
_진짜 최종

_다아니고
_이게_최종

결혼하면서 살게 된 아파트를 조금이라도 넓고 시원하게 쓰려고 별다른 가구를 들여놓지 않았다. 주방 역시 마찬가지. 낮은 오픈형 수납장을 하나 놓고 그 안에 들어가는 만큼의 그릇으로 생활할 결심이었다. 야근과 출장이 많은 직업이라 매일 삼시 세끼를 집에서 먹는 것도 아니니 호텔방처럼 적은 물건으로 세련되게 살아보자 싶었다. 그 바람에 결혼 전 잔뜩 사 놓은 그릇들을 친정집에 두고 와야 했다. 밥상 차리며 그릇이 있네 없네 아쉬워하는 것을 본 남편은 제대로 된 그릇장을 사면 어떻겠냐고 했다. 그때마다 "아냐, 그릇은 이 정도로 충분하니 좁은 집에 또 가구를 들일 필요는 없어" 하고 호기롭게 거절했다. 결론적으로 이야기하자면, 가당치도 않은 일이었다. 이 세상에 마음에 드는 그릇이 너무 많아 하나 둘 사다 보니 집안 곳곳 이상한 곳, 예를 들자면 거실 서가나 책상 위나 다용도실 선반 같은 곳에 그릇이 놓이게 되었다.

어느 날 출장을 좀 길게 다녀오니 남편이 "뭔가 집이 좀 달라지지 않았어?" 하고 기대 가득한 눈빛을 보내는 것이었다. 주방 벽 한쪽에 천장까지 닿는 그릇장이 설치되어 있었다. 인테리어 업체에 부탁해 벽면 사이즈에 맞게 그릇장을 짜 넣은 것이다. 먼지가 들어가지 않게 문까지 달려 있었다. "나 이런 거 필요 없다고 했잖아! 간단하게 살 거라니까!" 말은 이렇게 하면서도 곳곳에 흩어져 있는 그릇들을 꺼내 와 배치하기 시작했다. 그동안 겹쳐서 쌓아 놓아 깨질까 걱정했던 그릇이 하나씩 자리를 찾아갔다. 진작 이렇게 하면 좋았을 텐데. 남편에게 미니멀리스트로 살겠다고 큰소리쳤던 일이 생각나서 내색은 할 수 없었지만 말이다.

수납할 공간이 생기면 이상하게 그곳을 채워 넣을 물건이 바로 등장하게 된다. 그때쯤 주위에서 그릇 선물을 많이 받았다. 좋아하는 도예작가들이 전시를 하기도 했다. 온 우주가 나의 그릇 사랑을 후원하는 건가. 지나가다 예쁜 그릇을 보면 '이제 수납공간에 여유가 좀 있으니 한두 개 정도는 괜찮지 않을까' 하며 사들이기도 했다. 두 사람의 살림이지만 친구나 가족이 올 때를 대비해 기본 식기는 4인조나 6인조로 사는데, 깨지거나 문제가 생길 때를 감안해 한두 개 정도 예비용으로 더 사기도 했다. 아마 인생의 다른 부분에서 이렇게 주도면밀하게 행동했다면 나는 지금쯤 퍽이나 훌륭한 사람이 되었을 것이다. 이러다 보니 그릇장이 가득 차는 것은 시간 문제였다. 고심하다 스테인리스로 만든 접시 랙을 사들여 수납장의 빈

공간을 줄이고 최대한까지 채워 넣는 방법을 찾아냈다. 그릇장 모든 칸이 테트리스 쌓기처럼 조금의 틈도 없이 공간 효율 100퍼센트로 꽉꽉 차게 되었다.

그릇이 늘어나면 관련한 다른 것들도 함께 늘어나게 마련이다. 유리컵도, 쟁반도, 각종 커트러리도, 마음에 들어 버리지 못하는 각종 틴 케이스도 어딘가 놓을 자리가 필요했다. 다시 그릇들이 거실 서가와 책상 위에, 다용도실 선반에 모습을 드러내기 시작했다. 혼란을 해결한 것은 역시 남편이었다. 출장에서 돌아오니 집이 달라져 있었다. 안 입는 옷과 이불 등을 보관하느라 거의 창고처럼 쓰는 방에 주방에 설치한 것과 같은 그릇장이 한쪽 벽에 자리 잡고 있었다. 그 뒤로 어떤 일이 일어났는지 아마 짐작할 수 있을 것이다. 같은 일이 다시 반복되었다. 이 그릇장 역시 금세 가득 찼고 다시 접시 랙을 사들여서 빈 공간 없애기 테트리스를 했다. 우리 집에는 더 이상 빈 벽이 존재하지 않고 그릇장은커녕 그릇 하나 더 추가할 공간도 사라져버렸다. 그릇 하나를 사려면 이제 그릇 하나를 버리는 수밖에 없다.

어느 날 그릇장을 바라보다가 도대체 내가 어떤 그릇을

Miss

얼마나 갖고 있는지 궁금해졌다. 그래서 내가 가장 잘하고 좋아하는 일인 '리스트 만들기'를 시작했다. 나의 애플뮤직과 스포티파이 계정에는 온갖 주제의 플레이리스트가 100개 가까이 존재한다. 지금까지 사들인 CD를 장르별, 아티스트별로 정리해 리스트를 만들었으며, 앞으로 읽어야 할 책의 길고 긴 리스트도 만들어 놓았다. 가봤던 여행지와 앞으로 가고 싶은 여행지도 대륙별, 나라별로 정리해 뒀다. 그릇도 예외가 될 수 없다. 엑셀 파일을 만들어 브랜드는 물론이고, 크기와 개수를 적어 넣었고 빈티지 가게나 옥션에서 산 것은 구매 때 가격까지 메모했다. 사람이 이사를 오면 전입신고를 하듯, 새로 산 그릇은 일단 이 파일에 이름을 올리는 것으로 우리 집의 일원이 된다. 말하자면 이런 식이다.

광주요/ 모던 수과문 5종 / 2세트

알레시/ 라 쿠폴라 에스프레소 커피잔/ 2인용 세트

구스타브스베리/ 크리스마스 플레이트(1981~1985) /이베이, 130달러+운송료

늦은 밤 잠이 안 와 마루에서 그릇 파일을 업데이트하던

중이었다. 잠깐 깨서 물 마시러 나온 남편이 이 장면을 보게 되었다. "이 시간에 뭐하고 있는 거야?" 내가 더 놀랐지만 그냥 그릇 리스트 정리 중이라고 서둘러 이야기했다. 깜짝 놀란 남편은 이런 파일이 존재한다는 사실을 믿을 수 없어 했다. 언제 어떤 그릇을 몇 개 샀는지 기억하고 있는(정확히 말하자면 적어 놓고 있는) 모습에 친구들도 어이없어 하며 변태 같다고 놀린다. 이 사람들은 절대로 모를 것이다. 좋아하는 것에 대해 이렇게 자세한 정보를 갖고 있는 것이 얼마나 든든하고 또 의미 있는 줄은.

사람은 생각보다 똑똑하지 않아서 한눈에 다 들어오는 정도의 수량을 넘어서면 무엇을 얼마나 갖고 있는지 알지 못한다. 귀가 얇고 살짝 충동적이기도 한 나는 마음에 드는 그릇을 보면 잘 참지 못하고 사들인다. 그런데 이렇게 산 그릇을 나중에 보면 이미 갖고 있는 것들과 어딘지 비슷비슷하다. 브랜드만 다르지 유사한 디자인의 커다란 디너 접시가 30장은 될 것이다. 온 동네 사람들 다 불러서 티파티를 하기에 충분한 컵들도 쌓여 있다. 옷장에 비슷한 검은색, 회색 옷들을 잔뜩 넣어두고 나 혼자서만 '이게 사실은 다 조금씩 다르다'고 애써

우기는 일이 주방에서도 되풀이된다.

무언가 사면 버리지 못하고 '언젠가는 쓸 일이 있을 거야' 하며 자꾸만 챙겨 놓는 탓에 물건이 자꾸 쌓여서 문제가 더 심했다. 일 년 넘게 한 번도 입지 않은 옷은 그 다음 일 년 동안도 입지 않는다. 그릇 역시 마찬가지다. 전문 컬렉터가 될 것도 아니고 그냥 일상에서 쓸 것들인데 계속 무언가 사는 것은 심하게 잘못되었다는 생각에 정신을 차렸다. 파일을 만들어 뭐든 살 때나 치워버릴 때 확인을 하니 이성적인 판단이 가능해졌다. 이게 다 기록의 힘이다.

지금은 구경을 다니다 예쁜 그릇을 발견하면 한숨을 크게 쉬고 핸드폰에 저장된 엑셀 리스트를 찾아 확인한다. 물론 완벽하게 그릇 사들이기를 끊은 것은 아니다. 내 것을 사는 대신 필요한 경우 친구나 주위 사람을 위해 그릇을 선물하며 마음을 다스린다. 별 대단해 보이지 않는 이 파일은 쓸데없는 쇼핑을 막아주는 가장 논리적인 부적이다.

내가 음식 만들기 좋아하고 차리기도 좋아하는 것을 아는 친구나 가족들은 여전히 그릇과 주방용품을 선물한다. 그럴 때면 또 리스트를 확인해 사용하지 않거나 덜 좋아하거나 내게 덜 필요한 그릇을 필요한 곳에 보내주며 그릇장이 넘치지 않게 관리한다. 추가되는 그릇도 지워지는 그릇도 여전히 존재한다. 그 덕에 내가 갖고 있는 그릇 리스트는 최종본이 없다. '최종', '진짜 최종', '이게 진짜 최종' 단계를 거쳐 이제는 업데이트된 날짜의 이름으로 존재하는 엑셀파일 정리는 여전히 계속되고 있다.

LIMOGES CASTEL

계절이
바뀌면

먼저
그릇장 정리를

거리에 크리스마스 장식이 달리고 캐럴 송이 커다랗게 나온다고 해도 시들한 느낌이 드는 건 다 직업 때문이다. 이미 10월 무렵 송년 특집 기사를 기획하며 오만 가지 크리스마스 트리를 보았고 사지도 못할 크리스마스 선물을 사진으로 골랐으며 연말 디너 테이블을 차리고 파티 메이크업을 시연해보았으니까. 잡지를 만든다는 것은 계절을 앞서서 살아야 한다는 의미이기도 하다. 7월호에 바캉스 특집을 소개하고 12월호에 크리스마스 특집을 발행하려면 아직 쌀쌀한 날씨에 춥지 않은 척 수영복 촬영을 해야 하고 가을이면 소금으로 가짜 눈을 만들어 겨울 소품을 찍어야 한다. 그러다 보니 막상 제 계절이 되면 이미 다 지나간 일 같고 모든 게 살짝 지겨워져서 "아, 헛되고 다 헛되다"를 연발한다.

"첫눈이라니, 내가 못 봤으면 첫눈이 아니지!" 첫눈 소식을 들으면 주위 사람들과 실없는 논쟁을 벌이곤 했다. 서울의 '첫눈'은 서울기상관측소에서 일하는 분들이 눈으로 확인할 수 있어야 인정받는다고 한다. 계절의 변화가 여전히 사람의 눈을 통해 이렇게 시적으로, 가장 근본적으로 확인된다는 사실에 늘 감동을 받는다.

잡지 화보에 실리는 계절에는 예민하게 굴지만 실제 내 생활에서는 계절이 어떻게 왔다 어떻게 가는지 알아차리지 못할 때가 많다. 다른 직장인들도 비슷할 것이다. 집과 회사를 오가는 동안에는 벚꽃이 언제 피었는지, 단풍은 언제가 절정이었는지, 첫 얼음은 언제 얼었는지 대충 넘기곤 했다. 뉴스를 통해 온도나 기압, 강수량처럼 숫자로 정리되는 변화를 확인할 뿐이었다. 온난화로 인한 기후위기 때문에 겨울이 늦어지고 한여름 고온이 지나칠 정도로 오래 계속되는데 계절의 구분이 뭐 그리 대수라고.

그러나 시간 여유가 생기며 새롭게 찾아오는 계절이 훨씬 각별해졌다. 여의도 벚꽃놀이도 가보고 싶고 첫눈 소식에 친구들에게 문자 메시지도 날려보고 싶어졌다. 그래서 언제부터인지 달력에 표시된 절기마다 주위를 둘러보며 바람의 결이나 나뭇잎 색깔이 변하는 것을 지켜보곤 했다. 24절기란 태양이 지나는 길을 따라가며 만든 것이라는데, 태양은 이상기후 속에서도 여전히 강력한 영향력을 행사한다. 입추에 들어서면 뜨겁던 열기에 바람이 한 점 더해지는 것 같고, 동지가 되면 까만 밤이 깊고 깊게 느껴진다. 계절 변화에 눈을 뜨다니, 이제야 진짜 철이 들었나 보다.

계절이 바뀔 때 사람들이 가장 먼저 하는 것은 옷장 정리다. 반팔 옷을 꺼냈다 두꺼운 패딩점퍼를 꺼냈다 하는 일들을 늘 반복해 왔지만 하도 이상하게 돌아가는 기후 때문에 지난해 대대적인 정리를 한 후 사계절 옷을 모두 한 옷장에 넣어두는 편을 선택했다. 대신 새로운 계절을 맞을 때에는 그릇을 먼저 바꾼다. 산이나 들에 나가 계절이 오고가는 풍경을 확인하지는 못하지만 끼니는 늘 챙겨 먹으니 식탁 위에서라도 시간의 흐름을 감상하고 싶어서다.

절기나 계절에 맞는 세시풍습은 요즘 생활과 맞지 않아 점차 사라져버렸고 그나마 시절음식 정도가 남아 있게 되었다. 입하 때면 쑥버무리를 만들고 하지 무렵에는 햇감자를 찌고 유둣날에는 증편을 먹고 동지에는 팥죽을 쑤는 일. 준비할 때는 조금 귀찮지만 먹을 때는 물론 그 후에도 오랫동안 즐거움이 남는 일이라 건너뛸 수가 없다.

계절에 맞는 음식이 있는 것처럼 계절 음식에 어울리는 그릇도 따로 있다. 봄에는 겨울철 쓰던 무겁고 침착한 그릇을 넣고 가볍고 경쾌한 그릇을 꺼낸다. 햇완두콩을 넣고 지은 밥이나 새로 난 나물을 흰색 그릇에 담으면 초록 보석처럼 빛을 낸다. 부엌에 가스불 켜는 걸 최소한으로 줄이느라 시원한 음식을 주로 먹는 한여름 무더위에는 투명한 유리그릇보다 더 좋은 선택은 없다. 깨끗하게 씻어 물기가 살짝 남아 있는 유리 접시에 포도송이나 복숭아 같은 여름 과일을 올려 먹는 것은 이때만 즐길 수 있는 기쁨.

가을이 되면 싱싱한 연근이나 우엉, 새우와 오징어 등으로 튀김을 만들어 토기에 담거나 투박한 질그릇 냄비에 솥밥을 한다. 크리스마스의 분주하고 따뜻한 분위기를 좋아하다 보니 11월이 되면 집 안에 크리스마스 장식을 하고 그릇장에서 크리스마스 에디션 접시를 꺼내놓는다. 산타클로스가 선물을 준다고 하면 냉큼 "레녹스의 '홀리데이 라인' 풀 세트를 주세요! 요즘 나온 복각판 말고 80년대나 90년대 오리지널 빈티지로 주셔야 해요!" 하고 말하려고 몇 번이나 연습을 해 놓았다. 뾰족한 푸른 잎에 붉은 열매가 달린 호랑가시나무 패턴을 그리고 금테를 두른 이 라인은 행복한 크리스마스 분위기를 그대로 담고 있다. 일 년 중 딱 한 달을 위해 그릇을 사는 것은 부담스러워 마음 속 위시리스트에 20년 째 머물러 있는 상태이긴 하다.

겨울이 깊어지면 반질거리는 유기그릇이 등장할 때. 차가

운 음식은 차갑게, 따뜻한 음식은 따뜻하게 만들어주는 유기 그릇은 금속으로 만들어 일 년 내내 사용할 수 있다. 어릴 적에 설이나 추석이면 어른들이 무거운 유기 제기를 꺼내서 기왓장 가루로 닦아 반들거리게 광내는 것을 지켜보며 '이 다음에 크면 절대 저런 일은 하지 말아야지' 다짐했었다. 할머니가 돌아가시고 어른들은 놋쇠로 만든 옛날식 제기를 가볍고 관리 편한 목기로 교체해 버렸다. 그때의 유기들은 어떻게 되었을까. 내가 이렇게 그릇 좋아하는 어른으로 자라날 줄 알았더라면 그 오래된 그릇을 잘 보관했다가 나에게 달라고 했을 텐데. 이렇게 겨울이 지나고 다시 봄이 되면 그릇장 정리를 되풀이한다.

지금은 온도와 습도가 일 년 내내 비슷하게 유지되는 공간에서 효율 높여가며 일하거나 공부에 집중할 수 있게 되었고, 슈퍼마켓에서는 연중 어느 때라도 원하는 채소와 과일을 찾아낼 수 있다. 그런데도 '계절한정'이라는 홍보 문구에 속수무책으로 무너져서 망고빙수와 붕어빵을 찾아 헤맨다. 영양이 차고도 넘치는데 복날 삼계탕 집 앞에 줄 서서 기다리는 일을 마다하지 않는다. 계절의 지배를 뛰어넘어 보겠다고 노력해서 온갖 기술과 장치를 만들어 내놓고도 다시 그 계절을 제대로 누리겠다며 확인하고 챙기는 것을 보면 우리 모두는 참 모순적인 존재다.

'지금 바로 이 순간'이 주는 즐거움은 쉽게 포기할 수 있는 성질의 것이 아니다. 지금 안 하고 못 하면 꼬박 일 년을 다시 기다려야 한다. 그러니 바뀌는 계절과 날씨에 맞게 그릇장에 들어 있는 그릇들을 새로 꺼냈다 다시 넣었다, 유난 떠는 일은 그 자체로 즐거운 시절 행사다. 봄에는 봄의 음식을 담을 그릇이 있고 여름에는 여름 음식을 위한 그릇이 있으며, 가을과 겨울을 위한 그릇이 모두 있다. 그런데 뭐 하러 매일 사철 내내 똑같은 그릇을 사용해야 하냐고, 아무도 묻지 않은 질문에 혼자 대답을 하며 그릇장 정리는 계속된다.

1985
1984
1983

Part 2

차리다

작지만
우주도
품을 수 있는

남의
레스토랑

그릇 사정

빈티지 그릇 쇼핑을 위해 검색을 하다 오래된 기사 하나를 발견했다. 뉴욕 맨해튼 중심가에 최고의 프렌치 레스토랑으로 사랑받았던 '르 서크Le Cirque'의 설립자 시리오 마치오니Sirio Maccioni가 2020년 세상을 뜨면서 남긴 주요 컬렉션을 경매한다는 것이었다. 경매 목록을 구경하는데 눈에 익은 그릇들이 들어왔다. 오렌지색과 녹색 테두리를 두르고 귀여운 긴팔원숭이가 그려진 접시와 커피잔에 "사용한 흔적이 많이 남아 있다"는 설명이 적혀 있었다.

뉴욕의 르 서크는 1974년 문을 열어 콩과 브로콜리와 아스파라거스 등이 들어가는 파스타 프리마베라, 참치타르타르, 설탕을 살짝 그을린 크림 브륄레 등을 히트시키며 40여 년간 지역을 대표하는 레스토랑으로 사랑받았다. 르 서크는 그 이름처럼 즐겁고 유쾌한 서커스의 분위기를 보여주기 위해 레스토랑 한가운데 장막을 설치하고 테이블웨어에도 서커스 풍경을 담곤 했다. 경매에 나온 긴팔원숭이 접시는 프랑스의 유명 브랜드인 베르나르도Bernardaud에 의뢰해 만든 것이다. 주문 제작이라는 것을 보여주려는 듯, 접시 위쪽에 작게 'Le Cirque'라고 적어 넣었고 접시 뒷면에도 역시 레스토랑 이름이 들어가 있다. 이곳에서는 커다란 고리를 통과하는 사자, 공

놀이 재주를 보여주는 곡예사, 사랑스러운 서커스 장식 등을 주제로, 독일의 빌레로이&보흐와 일본의 사사키에 주문해 만든 그릇도 함께 사용했다.

2018년 '잠정적으로' 문을 닫았고 '새로운 장소를 찾아서 문을 열 예정'이라는 이야기만 나와 있지만 그게 언제인지 아무도 모른다. 설립한 사람도, 레스토랑 공간도 이제 사라져버리고 전설이 된 음식도 다시 맛볼 수 없지만 그릇이라도 남아서 옛날 추억을 되살려주고 있다니 다행이다. 경험으로 남기는 것이 중요하지 물건은 중요하지 않다는 말도 이럴 때 보면 반드시 옳지는 않다. 다행히 라스베이거스 벨라지오 호텔 안에 자리한 르 서크는 여전히 영업을 이어가고 있어서 긴팔원숭이 접시도 여기서 만나볼 수 있다.

그릇과 상차림에 의미를 담기로 빼놓을 수 없는 것이 일본의 가이세키 요리. 다회에서 먹는 음식에서 시작해 일본의 고급 정찬 요리로 자리를 잡았는데 계절에 어울리는 식재료를 써서 조리법이 겹치지 않게 음식을 만들고 전채, 맑은 국, 생선회, 구이, 국물요리, 밥과 국 등 코스에 맞게 각기 다른 그릇을 선택한다. 코스를 시작하는 '사키즈케先付'나 술안주가 되는

별미를 골라 한입거리로 만드는 '핫슨八寸'의 경우, 각기 다른 음식을 조금씩 담아내다 보니 작은 접시가 여러 개 등장하게 된다. 어떤 계절이 가고 또 다가오는지 식재료와 그릇, 장식으로 표현하는 만큼, 같은 코스여도 봄이면 벚꽃이나 매화, 여름에는 반딧불이, 가을이면 단풍잎, 겨울에는 눈 등 사계절을 표현하는 그릇을 각기 따로 갖춰야 한다. 그걸 손님 수대로 준비한다면… 그릇의 수가 엄청나게 늘어난다. 일본 교토의 깃쵸吉兆와 효테이瓢亭, 가나자와의 츠바진つば甚 같은 고급 요릿집들이 주방보다 큰 그릇 창고를 마련하는 것이 충분히 이해된다.

오래된 가이세키 레스토랑과 요정이 즐비한 교토 기온. 온라인 예약이 가능하고 영어로 소개도 써놓은 신진 가이세키 레스토랑에서 저녁을 먹었다. 좌석이 6개인 레스토랑에 다른 손님이 없었던 터라 셰프와 이런저런 이야기를 나눌 수 있었다. 셰프인 아버지를 따라 일찍부터 요리사가 되기로 마음을 먹었던 마에다 시게히로는 유명한 레스토랑에서 수련한 후 남보다 빨리 자신의 레스토랑을 오픈했는데 그게 하필이면 코로나 직전이었다고 한다.

모든 것이 멈춰버린 기간의 힘들었던 이야기를 들으며 마음 아파하다 새로운 음식이 나오면 "우와!" 하고 눈 크게 뜨고 감탄하기를 반복하는 상황. 음식에 따라 각기 다른 모양과 색의 그릇에 담겨 나온다. 음식을 먹으며 눈으로는 함께 나온 그릇을 감상했다. 술을 시키니 마음에 드는 술잔으로 고르라며 커다란 삼나무 상자를 가져온다. 그 안에는 서로 다른 색깔과 커팅의 도쿄 특산 유리 술잔 9개가 담겨 있다. 오래 준비해 자신의 레스토랑을 열며, 최고의 미식가이자 도자기 작가로 유

명한 기타오지 로산진北大路魯山人의 그릇까지 사들였다고 했다. 가게 세를 내고 그릇을 사들이고 계절마다 식재료를 구하는 일이 보통이 아니라고 했지만 그럼에도 행복해 보였다. 음식 이야기로 시작해 그릇 이야기와 사업 이야기로 이어진 길고 긴 저녁식사. 식사 값이 비싼 것은 근사한 그릇들을 감상하는 '관람료'와 '사용료'가 더해졌기 때문이라고 생각하니 계산할 때의 떨리는 손이 조금은 진정되는 것 같았다.

실력 있는 셰프들이 계속 등장하는 서울, 이제는 다른 어떤 도시에 가도 큰 감흥이 없을 정도로 멋진 경험을 할 수 있는 레스토랑이 많아지고 있다. 그중 가장 좋은 것은 음식은 물론 인테리어와 그릇, 세팅과 프레젠테이션에도 신경 쓰는 곳이 점점 더 많아지고 있다는 것. 음식에 있어서 그릇의 중요성을 가장 먼저 소개해준 곳이 '품 서울'이었다. 전형적인 한정식 대신 세련되고 우아한 한식을 공예 작가들의 그릇에 담아내며 새로운 한식의 시작을 알렸다. 한식을 이렇게 세련되고 현대적으로 표현할 수 있다니! 작가들의 작품에 밥을 담아 먹을 수 있다니! 지금이야 레스토랑이나 집에서 공예 작가가 만든 그릇을 사용하는 것이 낯설지 않지만 이곳이 처음 문 열었을 때만 해도 놀라움 그 자체였다. 캐주얼한 한식 레스토랑과 와인바도 있는데 이곳들 모두 한국의 도예가와 작가가 만든 그릇을 사용한다. 더 반가운 것은 이 작가들의 그릇을 전시도 하고 판매도 한다는 것.

계절에 맞춰 한국 음식을 코스로 선보이는 '레스토랑 주은' 역시 그릇 때문에라도 가고 싶은 곳이다. 청화백자합, 청자 접시, 분청 볼, 목기와 칠기, 유기와 옹기… 전시장에서나 보았던 각 분야 최고 장인들이 만든 그릇이 코스마다 다르게 등장하는 바람에 누구도 부럽지 않은 호사를 경험하게 된다. 아예 두툼한 메뉴판 마지막 장에 어떤 그릇과 소품을 사용했고 작가가 누군지 적어 놓았는데, 점잖은 자리에서 밥 먹다 그릇을 살짝 뒤집어 확인하는 나 같은 사람에게는 어찌나 반가운지. 누가 만든 어떤 그릇을 사용하는지 소상히 밝히면 레스토랑의 노하우가 쉽게 공개되지 않을까 생각한 나와 달리, 미식과 여행에 관심이 많아 인류학을 전공한 후 레스토랑을 열었다는 이곳의 대표는 "이렇게 해서 우리 도예가와 장인들의 솜씨가 널리 알려진다면 모두에게 행복한 일"이라고 즐거워했다.

목기에 담겨 나온 '레스토랑 주은'의 요리

세상에서 가장 맛있는 밥은 다른 사람이 차려주는 밥인 것처럼, 가장 근사한 그릇은 남의 레스토랑에서 만나는 그릇이다. 유명한 도자기 브랜드나 예술가에게 그릇을 주문 제작하고 설거지 걱정 없이 모든 코스를 가장 잘 어울리는 그릇에 담아내는 것은 내 집 부엌에서는 불가능한 일이니까. 그런 점에서 멋진 레스토랑에서 근사한 식사를 한다는 것은 예술의 경험이다. 덧없는 아름다움 때문에 더욱 집착하게 되는 경험이다. 먹으면 사라질 맛있는 음식, 식탁에서 치워내면 끝일 아름다운 그릇들. 그래서 우아한 발레나 멋진 오케스트라 공연을 보러 가는 마음으로, 열심히 돈을 모아 두근거리는 기대감으로 순례를 이어간다.

옥수수와
올리브에게도

맞춤복을
허하라

사과를 자를 때는 보통 칼을 사용한다. 껍질을 깎고 조각을 나누고 씨 있는 부분을 파내는 모든 과정을 칼 하나로 해결할 수 있다. 그런데 주방용품 매장에 가면 사과를 여덟 조각 내주고 씨 있는 중간 부분만 남겨주는 애플 슬라이서Slicer나 돌려가며 껍질을 벗겨주는 필러Peeler를 발견한다. 사과 속만 파내주는 애플 코어러Corer 같은 도구도 있다. 사용하는 목적에 따라 사과 하나를 놓고 이렇게 다양한 조리용품이 나올 수 있다니 신기해서 한동안 구경하게 된다.

여기서 끝나는 것이 아니다. 대상을 다른 채소나 과일 등으로 넓혀보면 딸기 꼭지 따는 도구, 체리 씨 빼내는 도구, 과육이 무른 토마토를 깔끔하게 자르는 전용 칼 등 예상치 못한 도구가 끝도 없이 등장한다. 내가 지금까지 본 최고의 주방용품, 요리와 관련한 깜짝 상품은 아보카도 양말Avocado Socks이었다. 계속 덜 익은 듯하다가 잠깐 방심하다 보면 어느새 물컹해지는 아보카도를 제대로 숙성하기 위해 만든 주머니인데 보는 순간 웃음이 나왔다. 사실 아보카도야 그냥 식탁 위에 올려두고 오며가며 만져보고 확인해도 되겠지만 이름부터 생김새, 쓰임까지 완벽하게 재미있는 이 물건 덕에 아보카도를 사는 일이 더 잦아졌다. 이렇게 없어도 되긴 하지만 있으면 주방 일을 수월하고 안전하게 만들어주는 조리 도구는 지금도 많고 앞으로도 계속해서 새롭게 등장할 것이다.

그럴 필요까지는 없지만 있으면 굳이 마다하지 않는 대상 중 그릇을 빼놓을 수가 없다. 외식을 하거나 배달음식을 시키는 일이 점점 더 많아지고 밀키트가 잘 나오다 보니 집에서 요리를 하는 일도 줄어간다. 혼자 살거나 두 사람이 산다면 비용이나 편의성을 생각할 때 사 먹는 것이 더 나은 선택일지도 모른다. 그 덕에 음식을 만들어 먹는 것은 '필요'가 아닌 '즐거움'의 영역으로 옮겨가고 있다. 그 즐거움의 극대화에는 음식을 담는 그릇이 중요한 부분을 차지한다.

사온 음식이나 직접 만든 음식이거나 상관없이 국물이 없는 음식이라면 평편한 접시에, 국물이 있는 것이라면 우묵한 대접이나 볼에 담아내면 될 일이다. 밥그릇과 국그릇, 크고 작은 접시 몇 개, 물컵 정도 있으면 일상의 식사를 하는 데에는 크게 문제되지 않는다. 그런데 사람들은 식탁 위에 올릴 그릇의 디자인과 크기, 색상을 달리해 셀 수 없이 많은 선택지를 만들어 낸다. 특정 재료나 음식에 맞는 전용 그릇을 따로 고안해 기꺼이 주방 싱크대와 선반을, 식탁 위를 복잡하게 만든다.

내가 갖고 있는 그릇들도 그런 이유로 만들어졌을 것이다. 옥수수를 좋아하다 보니 뜨거운 햇살 아래 앞니로 옥수수 알 하나씩 뜯어먹는 즐거움은 한여름의 하이라이트다. 싱가폴 여행길, 리빙용품 전문점인 크레이트&배럴Crate&Barrel 매장을 지나다 옥수수 모양 접시를 발견해 두 개를 사서 여행 짐에 챙겨 넣었다. 옥수수 한 자루가 올라가면 딱 맞는 사이즈인데, 온통 노란색에 아예 옥수수 알갱이 모양을 새겨 놓았다. 다른 식재료나 음식을 올려놓는다고 큰일나는 것은 아니지만 너무나도 강력하게 "나는 옥수수를 위해 태어났다"고 외치는 탓에

아직 이 그릇에 다른 음식을 담아본 적이 없다. 같은 맛이라고 해도 이 접시에 올라간 옥수수는 조금 더 달고 조금 더 탱탱하게 느껴진다.

모양과 쓰임이 독특한 또 다른 그릇으로는 올리브 접시가 있다. 이 역시 영국 여행길 플리마켓에서 발견한 것인데 접시라 하기에는 너무나 좁고 길쭉하다. 가게 주인에게 어디에 사용하면 되냐고 물어보니 올리브를 담으라는 것이다. 우리의 지갑과 시간을 거덜내는 가장 큰 문제는 호기심. 여기에 올리브를 담으면 어떤 느낌일지 궁금해 사지 않을 수가 없었다. 집에 와서 사용해보니 올리브를 위해서라면 이렇게 생긴 접시가 필요했겠다고 바로 수긍하게 되었다. 둥그렇고 넓적한 접시에 놓인 올리브를 포크로 찍어 올리려면 이리저리 굴러 다녀서 불편했는데 이 접시는 문제를 바로 해결해 주었다.

음식이 있고 그 음식을 담기 위한 그릇을 생각하는 것이 일반적이지만 그릇이 있고, 그 그릇에 맞게 음식을 하는 일도 간혹 생긴다. 결혼 때 이바지 음식으로 준비하거나 각종 잔치나 명절 때 근사한 분위기를 만들어주는 음식 중에 구절판이 있다. 칸칸을 나누어 각기 다른 재료와 색과 맛의 음식을 담는 '구절판'은 그릇의 이름이기도 하다. 요즘은 한정식 집에서도 잘 쓰지 않겠지만 이 구절판이 우리 집에 있다. 오래 전 집안 친척 누군가가 명절용 술안주를 가득 담아 선물해주었는데 구절판치고는 아무 장식 없이 깔끔하고 현대적인 디자인이 멋져서 챙겨 놓았던 것이다.

그릇장에 자리 잡고 있는 큼지막한 구절판을 볼 때마다

'저렇게 무작정 놀릴 수는 없다'는 생각이 들어 가끔 꺼내 쓴다. 여름이면 여러 가지 생채소, 겨울이면 살짝 익힌 채소와 소고기와 새우, 소라 등을 얇게 채 썰어 담고 쌈무나 밀전병을 곁들인다. 이름이 구절판이니 귀찮다고 재료를 서너 가지만 할 수도 없어서 계란을 황백지단으로 나눠 만들더라도 아홉 가지를 채운다. 손님들이 많이 올 때는 술안주를 조금씩 사서 담거나 인기 있는 떡집이나 디저트집의 과자를 담아내기만 해도 뭔가 신경 쓴 분위기를 낼 수 있다. 자주 쓰지는 못하지만 일단 한 번 사용할 때면 식탁 위에서의 존재감이 대단하다.

이렇게 그릇을 위해 음식을 만드는 일의 최고봉은 아마 신선로 정도가 되어야 하지 않을까. 한번은 친구 집에 갔는데, 먹는 것에 진심이었던 그 집 어머니가 딸의 친구들을 위해 차린 식탁에 각자의 자리마다 1인용 신선로가 놓여 있었다. 그때의 놀라움은 지금도 생생하다. 한정식 집도 아니고 개인 집에 신선로를, 그것도 사람 수대로 구비해 놓다니! 고체 연료에 불을 붙이고 작게 빚은 완자와 생선전과 채소를 넣어 보글거리며 끓여먹는 색다른 경험이었다. 우리 집도 먹는 것에는 최선을 다하는 편이었는데 이 집을 따라갈 수는 없겠다는 생각이 들었다.

여전히 옥수수 접시나 올리브 접시, 구절판 같은 그릇이 꼭 필요하냐고 묻는다면 그렇다고 대답하지는 못할 것 같다. 그냥 있는 대로 평범한 그릇에 담아 먹어도 큰 문제는 없으니까. 하지만 사람들이 자기 취향과 치수에 맞게, 특별한 상황을 위해 맞춤복을 지어 입듯 때로는 음식에게도 자기만을 위해 만들어진 특별한 그릇에 담겨 등장하는 호사를 선물해줘도 괜찮지 않을까.

사람은 쓸데없어 보이는 일을 할 때 가장 창의적이다. 뭘 이렇게까지 하나, 뭘 이런 것까지 구해 쓰나 싶기도 하지만 바로 그 '뭘 이렇게까지'에서 예기치 못한 즐거움이 만들어지는 것 같다. 삶을 풍요롭고 아름답게 만들어주는 대부분의 장식미술과 공예도 이렇게 해서 태어났다. 모든 음식을 늘 똑같은 그릇에 담아 먹는다고 상상하니 인생이 갑자기 흑백 화면처럼 느껴졌다. 우리가 쓸모나 소용, 효율을 고민하는 '도구의 인간'일뿐 아니라 무언가 색다르고 재미있는 일들을 끊임없이 추구하는 '유희의 인간'이기도 하다는 사실이 얼마나 다행인지 모르겠다.

Schramsberg

일상에 찍는
사랑스러운 쉼표,

손바닥
접시

'예쁘면 다냐'고 묻는 분도 있겠지만 어떤 경우는 예쁘면 다다. 무얼 더 바라겠는가. 예쁜 것은 예쁘게 있는 것만으로 자신의 소명을 다하는 법이다. 비슷하게는 귀여운 것이 최고, 귀여우면 게임 끝이다. 아름답다거나 우아하다거나 섹시하다면 대략 경외와 동경의 눈으로 보게 되어서 약간의 거리감이 느껴질 텐데 귀여운 대상에는 무장 해제되어 버린다. 그냥 눈길이 가고 보면 웃음이 나고 기분이 좋아진다. 나는 예쁘고 귀여운 대상에 약하다. 세상도 아마 그럴 것이다. 일본의 고문학인 《마쿠라노소시枕草子》에는 '어떤 것이건 자그마한 것은 모두 아름답다'는 구절이 등장한다. 옛날이나 지금이나, 나라와 상관없이 작고 예쁜 것을 보면 감탄하는 것은 마찬가지인가 보다.

예쁘다, 사랑스럽다는 말이 나도 모르게 튀어나오는 것은 지나다 남의 집 강아지와 고양이를 볼 때이고, 그 다음으로는 그릇 가게에서 손바닥만 한 접시들을 볼 때다. 독특한 모양과 색을 자랑하는 아주 작은 그릇들을 발견하면 목소리가 한 톤 정도 올라가고 입꼬리도 따라 올라간다. 작으니 수납하기도 좋고 가격 부담도 적어서 쉽게 손이 간다. 가족이라고는 둘이 전부, 밖에서 밥 먹는 일이 많은 우리 집에서 그릇장을 들락날

락하며 온갖 일을 맡아 하는 것은 작은 접시들이다. 소꿉장난이냐고, 저기에 무얼 얼마나 담겠냐고 묻는 사람들도 많지만 김치 몇 점, 치즈 한두 조각 담아 먹는 손바닥만 한 접시는 바쁜 일상에 찍는 사랑스러운 쉼표 같다.

소스와 양념 더하는 일을 기본적으로 주방에서 다 끝내는 서양식 상차림에서는 지름 14센티미터 이상의 접시를 주로 사용하기에 손바닥 위에 올라갈 정도의 작은 그릇을 식탁에서 만날 일이 많지 않다. 빵과 버터를 담는 접시나 '베리 플레이트Berry Plate'라고 불리는 디저트 접시가 그나마 작은 편이 아닐까.

작은 그릇을 다양하고 화려하게 사용하는 나라라면 역시 일본일 것이다. 계절을 중시하는 일본의 가이세키 요리는 제철 재료를 사용하며 그릇과 장식에 특히나 신경을 쓴다. 봄에는 벚꽃, 여름이면 시원한 얼음과 조릿대 잎, 가을이면 단풍, 겨울이면 눈 등을 표현하기 위해 동그랗거나 네모나거나 길쭉한 모양의 그릇으로 멋을 낸다. 도자기뿐 아니라 칠기와 유리 등으로 소재도 다양하게 활용하고 화려한 색을 입히기도 한다. 왜 가이세키 요리의 절반은 '보는 맛'이라고 했는지 알 수 있다. 일상식에서도 튀김 등을 찍어먹는 간장이나 우동에 뿌리는 시치미, 간단한 반찬이 되는 각종 절임류를 담은 작은 접시가 자주 등장한다. 이렇게 지름이 10센티미터 정도도 안 되는 작은 접시를 '마메자라豆皿'라고 부르는데, '콩알만 한 접시'라니 이름마저도 귀엽다.

커다란 접시에 나오는 음식을 개인 접시에 덜어 먹는 중국음식 테이블은 일본보다는 덜하지만 짜사이와 땅콩조림, 오이무침 등 곁들이는 채소나 식초 등의 양념을 담을 때 작은 접시들이 등장한다. 이런 반찬과 소스가 함께하는 덕에 음식의 기름기가 덜해지고 상쾌하고 신선한 맛이 올라온다. 베이징덕을 먹는데 첨면장을 담은 소스 그릇이 등장하지 않았다면? 딤섬을 먹는데 생강채 넣은 초간장 그릇이 없다면? 생각하기도 싫은 일이다.

한식에서도 작은 그릇은 맹활약을 한다. 예전에는 김치를 담아 먹던 보시기, 바특하게 끓인 찌개를 담는 조치보 등 담는 음식에 어울리는 그릇이 따로 있었다. 식구도 적어지고 음식도 간편해진 요즘은 김치나 나물, 각종 반찬을 작은 접시에 덜어 조금씩 먹고 만다. 하지만 아주 작은 접시인 '종지'는 여전히 상차림에서 빠지지 않고 각종 장류나 양념, 젓갈류를 주

로 담는 역할을 이어가고 있다. 아파서 흰죽만 먹어야 할 때 예쁜 종지에 담긴 간장 하나가 얼마나 큰 위로가 되는지 모르는 사람은 없다. '속이 종지만 하다'는 말로 속 좁고 성마른 사람들을 놀리곤 하는데 밥상을 풍성하게 만들고 맛을 내기 위해 열심히 일하는 종지 입장에서는 섭섭할 것이다.

중요한 음식을 담고 위엄 있게 등장하는 커다란 접시와 달리, 작은 접시들은 민첩하고 경쾌하게 여기저기 사용되며 식탁을 풍성하게 해준다. 레몬이나 라임을 한 조각 썰어 올려놓거나 에스프레소 마시며 각설탕을 담을 때는 물론, 간단한 안주를 담을 때에도 등장한다. 식후 디저트를 딱 한 입만큼 담아 먹으며 절제와 인내를 시험할 때도 필요하다. 원 플레이트 요리를 할 때, 올리는 음식들이 섞이지 않도록 나눠주는 칸막이 역할을 맡기도 하고 급할 때는 수저를 올려놓는 받침이 되기도 한다.

밥그릇이나 디너 접시에 사용하기 부담스러운 화려한 색이나 패턴도 작은 그릇이라면 오케이. 그 덕에 밋밋한 식탁이 유쾌해진다. 남대문 그릇 도매점에서 채소가 그려진 작은 접시를 사서 김치나 장아찌, 젓갈을 담고 동네 편집 숍에서 곰

인형과 포도알, 딸기와 목마가 그려진 접시를 사와서 디저트용으로 쓴다. 독특한 모양의 미니 접시를 정기구독 선물로 준다는 말에 내가 만드는 잡지인데도 따로 구독을 신청했다. 식탁 위를 떠나 다른 곳에서도 활약을 하는데, 반지를 올려두거나 종이 클립과 포스트잇을 담아놓을 때도 요긴하다. 이 작고 귀여운 그릇을 어떻게 쓸지는 온전히 나에게 달려 있다는 점에서 묘하게 상상력과 창의력을 자극한다.

이렇게 하나둘 사 모은 작은 그릇들은 보관과 수납이 늘 고민이었다. 높이 겹쳐 쌓자니 넘어져 깨질까 불안하고, 하나씩 깔아서 보관하자니 자리를 너무 많이 차지하고. 접시 랙에 올려놓았다 상자에 담았다 온갖 시행착오를 거친 후 찾아낸 최종 해결책은 이케아의 서랍장이었다. 서랍 높이가 좀 낮은 것을 사서 작은 접시와 종지를 넣어 두었더니 서랍을 열면 어디에 무엇이 있는지 한눈에 확인할 수 있다. 꺼내 쓰기 편하고 큰 그릇들 사이에서 이리저리 치이다 깨질 염려도 없다. 이렇게 해결하고 나니 혹시 내가 수납의 천재 아닌가 스스로 감동할 정도였다.

가끔 기분이 우울해지면 이 서랍을 열고 올망졸망한 애

완접시를, 반려그릇을 들여다보다 마음에 드는 것을 하나 고른다. 해가 막 넘어갈 무렵 미니 맥주캔 하나 따고 땅콩 몇 알 작은 접시에 담아놓고 저녁에 무얼 해먹나 생각한다. 고민도 없고 부러운 것도 없는 이 순간만은 내가 좀 착하고 무해한 인간이 된다. 누가 이때쯤 나에게 부탁을 한다면 웬만한 것은 다 들어줄지도 모른다. 맥주 한 모금과 콩알만 한 접시 하나가 만들어준 관대함이라고 할 수 있을 것이다.

사람들은 작고 귀엽고 무해한 것들의 가치에 대해 진지하게 생각하지 않는다. 하지만 크고 화려한 것으로는 만들어지지 않는 사소한 행복이 분명 따로 있다. 디자이너 재스퍼 모리슨Jasper Morrison은 "좋은 물건이 좋은 삶을 만든다"고 했는데 작고 예쁜 물건은 다정하고 따뜻한 삶을 만들어준다. 포근한 울 양말, 좋아하는 향의 립밤, 사각거리며 써지는 볼펜. 이제는 새 물건을 사들여 살림을 복잡하게 만들지 않겠다고 다짐했지만, 뭔가 작고 사소하고 예쁜 것들을 보면 그냥 지나치기가 쉽지 않다.

물건을 산다는 것은 생각보다 무서운 일이다. 살 때의 즐거움이 전부가 아니어서, 그 물건을 놓아둘 자리를 마련하고 보관하거나 수납할 공간도 챙겨야 한다. 그 물건과 함께 살아가며 앞으로 잘 돌보고 관리하겠다는 결심을 전제로 한다. 손바닥만 한 접시라면, 양말과 립밤과 볼펜 정도의 물건이라면 복잡한 집에서도 어떻게든 놓을 곳을 만들어 잘 관리하며 돌볼 수 있다. 이렇게 주위에 놓아둔 작고 예쁜 것들 덕에 다정하고 따뜻한 삶을 이어가는 데에는 크게 문제가 없을 것 같다.

혼자라도

삼첩반상

사람들마다 스스로의 존엄을 확인하는 나름의 방법을 갖고 있다. 여유가 없고 생활이 좀 힘들어도 꼭 지키는 수칙, 남의 눈 때문이 아니라 나를 위로하고 대접하는 자기만의 방법 같은 것 말이다. 어떤 사람은 겉옷보다 속옷을 신경 써 입는 것으로, 또 어떤 사람은 매년 꼬박꼬박 건강 검진을 잘 받는 것으로 스스로를 아껴준다면, 나는 혼자 밥을 먹을 때도 제대로 된 그릇에 잘 담아 먹는 것으로 나 자신을 응원한다.

회사 다니는 동안은 밥보다 잠이 좋아서 아침 식사는 거를 때가 많았고, 점심은 약속 때문에 외식을 자주 했으며, 저녁도 마감, 야근, 행사 등으로 밖에서 먹을 때가 많으니 집에서 밥 먹는 것은 주말에나 가끔 있는 일이었다. 퇴사하고 내 일을 하게 되면서 시간 여유가 생겼지만 여전히 분주한 것은 마찬가지.

남편과 같이 밥을 먹을 때에는 함께 만들고 함께 치우니 제대로 상을 차리지만 혼자 먹게 되는 날이면 그냥 밥만 빨리 좀 하고 김치에 계란 프라이, 포장 김 한 봉을 반찬으로 삼을 때도 많다. 음식은 별 대단할 것이 없지만 이런저런 그릇을 꺼내 기분이라도 내는데, 그럴 때면 오래 전 국어 교과서에 실렸던 김소운의 수필 《가난한 날의 행복》을 떠올린다. 실직한 남편은 출근하는 아내를 위해 쌀은 어떻게 구해 밥을 지었지만 반찬이 없어 그냥 간장 종지 하나 올리고 '왕후의 밥, 걸인의 찬'이라고 적어 놓았다는 이야기. 평범한 반찬을 굳이 여러 그릇에 덜어 먹는 나의 밥상은 반찬이 서너 가지는 되니 걸인의 찬까지는 아닐 것이다. 여러 그릇을 꺼내 폼을 잡으니 왕후까지는 아니어도 어디 시골 영주의 밥상 정도는 되지 않을까.

나는 드라마나 영화 속에서 밥 먹는 장면이 등장할 때마다 어떤 그릇을 썼는지, 어떤 음식을 먹고 담았는지 열심히 관찰한다. 혼자 텔레비전을 보며 "재벌집 식사 장면인데 그릇에 너무 신경을 안 썼네", "왜 저런 중요한 이야기를 피자집이나 치킨집에서 해?" 혼잣말을 해댄다. 꽤 오래되었지만 방영 당시 큰 화제였던 드라마 〈사랑의 불시착〉에서 남자주인공인 북한 군인이 로얄 코펜하겐의 최신 라인인 블롬스트Blomst 잔을 사용하는 것을 보고 "아, 저 동무는 자본주의 물이 뼛속까지 들었구만" 하는 소리가 절로 나왔다. 〈재벌집 막내아들〉에 등장한 임페리얼 포슬린Imperial Porcelain의 각기 다른 커피잔을 보며 "오, 보기 쉽지 않은 라인으로 골랐네!" 하고 감탄하기도 했다. 드라마 스토리에는 별 관심 없고 등장인물의 옷이나 소품에 집착하는 나 같은 사람 때문에 기업들이 PPL을 하는 것일 지도 모르겠다.

그러다 좀 당황하는 때가 있다. 냉장고에서 커다란 보관 용기에 들어있는 반찬을 그대로 식탁에 올려 밥을 먹고, 그 반찬통을 다시 냉장고에 넣는 장면이 나올 때다. 이런 장면을 볼 때마다 '그러지 말고 작은 그릇에 덜어서 먹어요!' 하고 혼자 중얼거리곤 한다. 그렇게 먹으면 침이 섞이기도 해서 위생에 문제가 될 수 있고 음식도 금방 상한다. 한국의 전통 식문화는 밥과 국, 반찬을 따로 차려 소반에 올려 먹는 독상 차림이었다고 한다. 그러던 것이 커다란 냄비에 담긴 찌개를 나눠 먹고 반찬도 같이 먹는 방식으로 변했다. '정이 담긴 식문화'라고 하지만 위생에 문제가 생길 수 있다는 이야기가 자주 나왔다. 정부에서 캠페인까지 했을 정도다. 개인 접시에 덜어 먹자고 하면 혼자 까다로운 사람이라며 놀리기 일쑤. 코로나로 인해 일상이 달라지면서 음식점이나 집에서도 찌개나 반찬을 개인용 접시에 덜어 먹는 일이 익숙해졌으니 그나마 다행이다.

나는 '한 번 상에 올라온 음식은 절대로 다시 냉장고 속으로 들어가지 않는다'를 원칙으로 정해 놓았다. 작은 접시를 여러 개 꺼내 먹을 만큼 조금씩 덜어 담는다. 모자라면 한 번 더 덜어 먹을지언정 말이다. 쉽지는 않았지만 일단 습관으로 익히다 보니 위생적으로도 안심이 되고 만들어 놓은 음식도 오래 깔끔하게 보관할 수 있다. 한식은 국, 찌개 등 수분 많은 음식이 자주 등장하고 김치를 포함해 대부분의 반찬이 쌀밥에 어울리도록 짜고 간이 강하다. 그러다 보니 음식 쓰레기 대부분에서 염분 높은 폐수가 발생해 수질과 토양 오염의 위험도 커진다. 나 하나 신경 쓴다고 세상에 손톱만큼도 영향을 끼치지 못하겠지만, 손톱만큼이라도 달라지는 것이 더 낫지 않을까 싶다.

이렇게 개인용 접시에 필요한 만큼 덜어 먹는 것이 다 좋기만 하지는 않다. 혼자 한 끼 먹고 났는데 크기와 종류가 각각 다른 그릇을 대여섯 개 넘게 쓰게 돼 설거짓거리가 한가득 나온다. 아무리 그릇 좋아하는 나라고 해도 퇴근 후 저녁밥 먹고 난 설거지는 너무너무 귀찮다. 설치할 공간이 없어서 포기한 식기세척기를 사서 어떻게든 부엌에 끼워 넣어야 하나 고민을 하게 된다.

이런 이야기를 엄마에게 하니 "대충 먹지 말고 잘 먹는 게 중요하다니까!" 하는 말과 함께 찬장을 뒤져 반찬 접시를 꺼내 주었다. 각기 다른 반찬을 담을 수 있게 세 칸으로 나뉘어 있고 보관을 위해 플라스틱 뚜껑도 딸려 있는데 어딘가 눈에 익은 것 같았다. 일하고 학교 다니느라 저녁 식사 시간이 각자 다른 가족들을 위해 여러 번 상을 차리던 엄마가 오래 전 쓰던 그릇이었다.

그 후로 집에서 혼자 밥을 먹을 때면 이 접시를 자주 꺼내 쓴다. 혼자 사는 사람들이 늘어나며 깔끔한 1인용 찬기도 많이 등장해 새로 살 수도 있지만 좋게 말해 레트로풍, 사실 대로 이야기하자면 오래 되어 이제 반짝임도 사라져버린 옛날 유리접시는 이상하게 친근하다. 엄마가 식구들을 위해 이 접시를 꺼내 밥상을 차리던 나이는 지금의 나보다 훨씬 젊었을 때였다. 나는 여전히 덜 자란 듯 한심하게 굴고 나밖에 모르는 이기적인 인간인데 그때의 엄마는 나보다 훨씬 현명했고 부지런했다.

어렸을 때 엄마는 딸인 내가 집안일을 너무 모른다고 걱정하면서도 내가 부엌일을 거들려 하면 "그냥 들어가 책이나 봐라" 했었다. 외할머니는 "여자도 스스로를 책임지고 사는 것

이 제일 중요하니 평생 할 수 있는 일을 찾고, 절대로 중간에 그만두지 말라"고 내내 이야기하셨다. 가정주부로 살았던 할머니와 어머니는 해도 해도 끝나지 않는 집안일에 대해서는 회의적이었고 내가 당신들과 다른 삶을 살기 바라셨다. 이 두 분이 바랐던 인간이 되었는지는 모르겠지만 일단 직업을 갖고 좋아하는 일을 오래 계속했으니 그 바람을 어느 정도 이뤄드린 것일지도 모른다.

"밥 잘 챙겨 먹어라." 어려서나 나이 들어서나 변하지 않고 듣게 되는 당부다. 예전 같으면 잔소리로 느껴 "내가 알아서 한다고!" 했을 것이다. 이제는 그 말 속의 걱정과 응원을 이해하기에 일 끝나고 늦게 돌아와도 쌀을 씻어 밥을 안치고 찌개를 끓이고 냉장고에서 김치와 밑반찬을 꺼내 엄마가 준 반찬그릇에 나눠 담는다. 누가 보지 않아도 혼자여도 제대로 차려 먹으려 노력한다. 잘 먹고, 어떤 일을 만나도 넘어지지 않는 용기와 씩씩함을 키워갈 것이다. 나는 나를 낳고 키워준, 내가 세상에서 가장 사랑하는 여자들의 희망이니까.

그릇으로
떠나는

세계일주

승무원이 기내 서비스를 시작해 이딸라Iittala 유리잔에 주스와 와인을 따라주는 순간, 내가 핀란드 국적기로 헬싱키를 향해 가고 있구나 깨닫는다. 헬싱키 시내의 레스토랑이나 카페를 가서도 비슷한 경험을 하게 된다. 1958년 카이 프랑크Kaj Franck가 디자인한 '카르티오Kartio' 물컵으로 손님을 맞고, 1999년 알프레도 헤베를리Alfredo Häberli가 디자인한 '오리고Origo' 컵에 커피를 담아 마신다. 샐러드와 전채는 2005년 카티 투오미넨 니이튤레Kati Tuominen-Niittylä 작품인 아라비아 핀란드의 '24h 아베크'에 담겨 나온다. 헬싱키에서 일본 가정식 음식점을 운영하는 영화 〈카모메 식당〉에서 보았던 장면 그대로였다. 카페나 레스토랑, 개인 집은 물론 핀란드 문화를 보여주는 해외 여러 공간이라면 어디서나 이딸라, 아라비아 핀란드, 마리메코Marimekko의 그릇들이 등장했다. 한 나라의 문화적 상징이 될 수 있다니, 그릇 입장에서 이보다 더한 '영광'이 또 있을까.

많은 나라가 이렇게 자국의 역사와 전통을 자랑하는 도자기 브랜드를 보유하고 있다. 생활양식의 변화로 집에 여러 종류의 그릇을 갖추는 일이 줄어들며 그릇 브랜드들도 흥망성

쇠를 겪었다. 어떤 곳은 문을 닫기도 하고 주인이 바뀌기도 했으며 또 어떤 곳은 공장을 인건비 싼 해외로 이전하거나 OEM 방식의 제작을 선택하기도 했다. 물론 여전히 자국 안에서 장인의 수작업을 고집하는 곳도 남아 있다. 화려한 과거를 재건하기 위해 다양한 노력을 하는 곳도 있고 새로 사업을 시작한 신생 브랜드도 많다.

언젠가는 '그릇'을 주제로 삼아 세계일주를 하는 것이 마음속에 감춰놓은 소원이자 목표다. 유명 그릇 브랜드의 본점과 공장, 박물관을 둘러보고 그 그릇을 쓰는 레스토랑에서 밥을 먹고. 그래서 가끔 할 일이 없을 때는 혼자 여행 코스를 짜보곤 한다.

핀란드 옆에 자리한 스웨덴은 북구의 도자기 강국이다. 1726년 설립해 독일의 마이센에 이어 유럽에서 두 번째로 오래된 역사를 자랑하는 브랜드가 스웨덴의 로스트란드 Röstrand. 이 회사가 1874년 러시아 수출을 위해 핀란드에 세운 공장이 아라비아 핀란드이니 그 역사와 전통이 얼마나 오래되었는지 잘 알 수 있다. 1825년부터 도자기를 만들어온 구스타브스베리 역시 스웨덴의 도자기 브랜드이자, 마을 이름이기도 하다. 빌헬름 코게에 이어 스티그 린드베리가 디자인 책임을 맡으면서 지금까지도 사랑받는 작품들을 남겼다.

덴마크라면 많은 사람에게 그 이름이 익숙한 로얄 코펜하겐Royal Copenhagen이 대표일 것이다. 덴마크를 둘러싼 세 바다를 상징하는 세 개의 물결 무늬와 왕실을 상징하는 왕관을 그려 넣은, 명실상부한 이 나라의 자랑이다. 노르웨이로 넘어간다고 하면 이 나라에 유명한 그릇 브랜드가 있나 하는 분들도 있겠지만, 네, 사랑스러운 '데이지' 라인으로 유명한 피기오 Figgjo가 있답니다!

유럽 자기의 원류라고 하면 독일에서 만든 마이센Meissen 자기를 꼽을 수 있다. 중국을 통해 자기 기술을 습득해 유럽에서 처음으로 경질자기(고온에서 구운 단단한 도자기)를 만들어낸 마이센의 자부심과 아우라에 필적할 브랜드를 찾는 일은 쉽지 않다. 섬세하고 우아한 마이센 자기는 지금도 많은 추종자와 수집가를 자랑한다. 유럽에서 두 번째로 경질자기를 만들어내며 유명해진 아우가르텐Augarten은 오스트리아를 대표하는 도자기인데 우리에겐 조금 덜 알려져 있는 탓에 실물을 다양하게 볼 수 없으니 오스트리아 여행을 가야 제대로 구경할 수 있을 것 같다.

서양 문화와 유행의 중심인 이탈리아에서 가장 사랑받는 도자기 브랜드라면 지노리Ginori를 들 수 있다. 1735년 피렌체 근방에서 시작되어 길고 긴 역사를 자랑하는 지노리의 여러 제품 중, 꽃과 과일을 작게 그리고 금박을 살짝 두른 '이탈리안 프루츠'는 18세기부터 선보여 지금도 사랑받는 롱셀러다. 여행길 앤티크 샵에서 커피잔과 에스프레소잔을 발견하고 사

'로얄 코펜하겐'의 하프레이스 플레이트

왔는데, 갈수록 가격이 올라 그때 왜 더 사지 않았을까 내내 후회하고 있다. 1920년대 아트디렉터를 맡았던 디자이너, 건축가, 작가인 조 폰티Gio Ponti 덕에 모던하고 열정 넘치는 디자인으로 큰 인기를 누렸지만 2013년 파산을 선언했다. 이후 다행히 피렌체를 근거지로 삼는 패션 브랜드 구찌에 인수되어 개성 강한 라인을 발표하고 있다.

미식으로는 둘째가라면 서러운 프랑스에는 베르나르도Bernardo, 하빌랜드Haviland, 지앙Gien 등 여러 브랜드가 있지만 프랑스식 엘레강스를 담은 그릇을 골라야 한다면 세브르Sevres 자기의 손을 들어주어야 할 것 같다. 진한 청색, 하늘색, 노란색 등 과감한 바탕색 위에 화려한 금색 칠을 더한 세브르는 루이 15세의 연인이었던 퐁파두르 부인의 제안으로 만들어져 사랑을 받아왔다. 어디에서도 이와 비슷한 그릇을 찾아볼 수 없을 만큼 독창적이라 300년 가까이 국립 도자기 제조소 역할을 하고 있다.

바다 건너 영국은 본차이나의 고향. 로얄 덜튼Royal Doulton, 로얄 알버트Royal Albert, 로얄 우스터Royal Worcester, 스포드Spode, 벌리Burleigh 등등 도자기 브랜드가 워낙 많아서 하나를 꼽기 어렵지만 가장 대중적이고 성공적인 브랜드를 선정하자면 웨지우드Wedgwood가 떠오른다. 1759년 조사이아 웨지우드Josiah Wedgwood가 세운 이 브랜드는 셀 수 없이 다양한 제품을 만들어왔다. 아름다운 하늘색을 자랑하는 '플로렌틴 터콰이즈Florentine Turquoise', 목가적인 분위기의 '사라스 가든Sarah's Garden', 전 세계적으로 엄청난 판매를 자랑하는 '와일드 스트

'웨지우드'의 플로렌틴 터콰이즈 머그

로베리Wild Strawberry' 등 그릇에 별 관심이 없는 사람이라도 알 수 있는 유명한 디자인이 많다. 그중 '재스퍼웨어Jasperware'는 유약 처리를 하지 않고 그릇을 구워 하늘색과 녹색, 핑크색 바탕에 그리스 로마 신화를 모티브로 한 정교한 흰색 조각을 더한 것이 특징이다. 일상생활에 사용하기보다는 감상용이라고 할 수 있는데, 전통은 살리고 새로운 방식으로 디자인해 지금도 선보이고 있으며 '재스퍼 블루 페블Jasper Blue Pebble'이나 '벌링턴 화분Burlington Planter' 등의 현대적인 라인으로도 등장했다.

동부 유럽 역시 역사가 오래된 브랜드를 여럿 탄생시켰다. 러시아에서는 1744년 상트페테르부르크에서 표트르 대제의 딸인 엘리자베타 여제가 공예와 산업을 발전시키려고 왕실 자기 제조소Imperial Porcelain Manufactory를 세웠다. 러시아 최초의 이 도자기 공장은 1817년 혁명 이후 국영기업이 되었고, 1925년 유명한 화학자인 미하일 로모노소프의 이름을 따서 '로모노소프Lomonosov'로 이름이 바뀌게 된다. 2005년부터는 '임페리얼 포슬린Imperial Porcelain'이라는 이름을 되찾았는데 가장 인기 있는 것은 1949년에 출시된 이래 브랜드를 대표하는 코발트 넷Cobalt Net 라인. 코발트의 푸른색과 22k 금을 촘촘하게 조합한 문양이 매력적인데 로얄 코펜하겐이나 마이센의 푸른색과는 또 다른, 깊고 진하고 어딘지 야성이 느껴지는 푸른색을 자랑한다. 커피나 차를 따라 마시면 밤하늘을 마시는 느낌을 주는 멋진 그릇이다.

하지만 복권이라도 당첨되어 돈 걱정 없이 원하는 것을 다 살 수 있다면 나는 헝가리 브랜드 헤렌드Herend의 디너 세트를 고를 것이다. 1826년 헝가리 작은 도시 헤렌드의 도자 공장에서 시작한 이 브랜드는 손으로 꽃과 나비 등 문양을 그리고, 손잡이와 뚜껑 등 사소한 곳까지 신경 써서 시적이고 우아한 분위기를 자랑한다. 영국을 비롯한 많은 유럽 왕실에서 자기 나라 대표 브랜드를 놔두고 헤렌드를 썼던 데에는 다 이유가 있었다. 헤렌드는 헝가리 공산화로 1948년 국유화되었다가 1990년대 들어서 다시 예전의 모습을 되찾아 지금도 수작업으로 그릇을 만들어내고 있다. 그림과 장식이 얼마나 많이 정교하게 그려졌는가, 금박을 얼마나 사용했는가에 따라 심장 떨리는 가격을 달고 있어서 영원히 위시리스트에나 남아 있을 것 같긴 하지만.

미국이라면 백악관에서 사용하는 식기인 레녹스Lenox와 '깨지지 않는 아름다움'으로 유명한 코렐Corelle, 일본이라면 아이치현 노리다케에서 시작해 일본 최초로 서양 도자기를 만든 노리다케ノリタケ에 국가대표 배지를 붙여줄 만하다.

여기에 오랜 도자기 역사를 지닌 중국, 화사한 색깔에 금색이 더해진 벤짜롱의 나라 태국, 우아한 도자기를 만들어낸 베트남 역시 그릇 여행에서 빼놓을 수 없는 나라다. 아직 제대로 가보지 못한 남미와 아프리카의 여러 나라 역시 역사와 전통을 담은 도자기가 존재할 것이다. 큰 지도를 펴들고 각 나라를 대표하는 그릇을 찾아 가는 도자기 여행길을 상상하다 보니 한 번 떠났다가는 언제 돌아올지 알 수 없는 긴 여정이 그려졌다. 전 세계 곳곳을 돌아다니며 이런 그릇들을 직접 눈으로 확인하는 즐거움을 누릴 수 있다면, 영원히 길 위를 떠돌아도 좋을 것 같긴 하다.

MAINE
POTTERS
MARKET

BAGGU
LE FEU DE L'EAU
LE FEU DE L'EAU
TJ WILLIAMS

Part 3

나누다

함께라서
더욱
맛있는

뷔페 접시

16장의 비밀

누구나 어느 순간은 외향적이고 또 어느 순간에는 내향적이기도 하다. 혼자 조용한 곳에서 차 한 잔 마시며 아무 생각 없이 맘 편하게 숨만 쉬는 시간이 필요하듯이 가끔은 여러 사람이 모여 웃고 떠들며 만들어내는 유쾌하고 강력한 에너지가 필요하다. 기쁜 일은 축하하고 힘든 일은 위로하며 누군가 떠나보내고 새로 맞이하기 위해 이런저런 모임을 하게 된다. 음식점에서 만나기도 하지만 누군가의 집에 모여 음식을 만들어 같이 먹기도 한다. 그런 모임의 장소가 우리 집이 될 때가 종종 있다. 요리 솜씨가 좋은 것도 아니고 잡지 화보에 나올 멋진 집도 아니지만 친구들을 불러 함께 무언가 먹는 일은 늘 즐겁다.

이럴 때를 위해 우리 집에는 지름 30센티미터의 커다란 흰 접시, 뷔페 레스토랑에서 볼 수 있을 법한 바로 그 접시가 16장 준비되어 있다. 왜 16장인가 하면 결혼 후 홈파티로 가장 많은 사람이 모인 것이 14명이었기 때문이다(2장은 혹시 접시가 깨졌을 때를 대비해 여분으로 산 것이다). "이렇게 많은 사람이 한꺼번에 가도 괜찮겠어?", "14명이 모여 밥을 먹을 수 있기는 해?" 친구들의 질문에 나는 가볍게 코웃음을 치며 생각했다. 왜 이래, 집이 좁아 14명이 다 못 들어올 수는 있어도 14명이 밥 먹을 그릇이라면 차고도 넘치지.

네댓 명이 오면 가득 차는 작은 집에 14명이 모인 날은 정신이 없었다. 그날 메뉴로 뭘 준비했는지는 생각도 나지 않는다. 그냥 이것저것 잔뜩 만들었고 친구들이 또 이것저것 사왔다. 커다란 뷔페 접시에 원하는 음식을 원하는 만큼 덜어 앉고 싶은 곳에 앉거나 서서 먹었다. 내 집에 친구들이 찾아와 밥을 먹을 때면 마음속에 비밀스러운 기대가 등장한다. 나를 좋아해주는 사람들의 다정함이 혹시 모를 나쁜 기운을 쫓아내주고 요란스러운 이야기와 웃음소리가 우울함과 무기력함을 눌러버릴 것이라는 기대 말이다.

이제 친구들 잔뜩 불러 파티할 에너지도 점점 떨어져 14명까지 초대하는 일은 무리라는 사실을 온몸으로 알게 되었다. 집의 크기와 내 능력을 가늠해보고 누구도 이야기에서 소외되지 않는 인원을 생각해보니 6명까지인 듯해서 뷔페 접시를 과감히 정리하기로 했다. 정리했다고 해서 버리거나 판 것은 아니고 그저 장소를 옮겨 작업실로 가져다 놓았다. 여러 가지 워크숍을 진행하고 가끔 친구들이나 손님이 찾아오기도 하니 그때 쓰기 위해서다.

집으로 친구들을 부를 때 제일 중요한 것은 당연히 음식. 늘 먹는 '집밥'을 차리면 되지 않을까 싶기도 하지만 솔직히 한식이 제일 어렵다. 밥을 하고 국이나 찌개를 만들고 각종 반찬에 고기나 생선 등 메인 요리가 더해져야 하니 준비할 가짓수가 많아진다. 한식에 관해서라면 대한민국 사람 모두 나름의 기준을 갖고 있기에 우리 집에서는 그렇게 안 만드네, 무얼 빠트렸네 등등 100가지 의견이 나올 것이므로 과감히 포기한다.

음식을 준비해주는 요리사가 있는 것도 아니고 내가 손님도 맞고 이야기도 나누고 음식도 만들어야 하다 보니 빨리 간단히 만들 수 있는 것, 식어도 크게 문제없는 것, 미리 만들어 놓을 수 있는 것이 무언지 고민해 메뉴를 결정한다. 파티라면 커다란 접시에 잔뜩 올리는 성대한 분위기가 필요하기에 프렌치, 이탈리안, 중식, 일식을 모두 가미해 뭐가 뭔지 모를 무국적 무근본 메뉴를 구성한다.

친구들을 초대해 밥을 먹는 것은 사놓은 그릇들을 한꺼번에 많이 사용해보는 흔치 않은 기회이기도 하다. 화려한 무늬가 신경 쓰여 평상시 자주 쓰지 못하던 그릇이라면 이때 사용한다. 음식을 담으면 무늬가 대부분 가려져 있다가 음식이 줄어들수록 화려함이 나타나 분위기를 띄워준다. 흰색 그릇만 사용하거나 푸른색 그릇으로 꾸미거나 한 브랜드 혹은 한 가지 라인으로 통일해 보기도 한다. 내가 만든 음식의 맛은 그날의 운에 맡길 수밖에 없지만 그릇은 내가 생각하고 결정하는 대로 쓸 수 있다. 온갖 커다란 그릇을 꺼내 줄 세워 놓는 일이 즐거워 손님 초대를 하게 된다.

당일이 되어 약속 시간이 가까워지면 가스레인지 화구 세 개 위에 커다란 냄비와 프라이팬이 올라가 있다. 미니 오븐 속에는 무언가 들어가 익고 있으며 조리용 알람시계가 울려댄다. 정신이 하나도 없다 보니 음식이 계획대로 나간 적이 별로 없다. 힘들게 만든 소스를 냉장고에 넣어두고 깜빡하거나 가니시 빠뜨리는 일이 부지기수. 하지만 30년 가까이 매달 잡지를 만들어 온 나는 알고 있다. 모든 것이 엉망으로 돌아가도 마감 시간이 되면 어쨌건 무언가 완성되어 있을 거라는 사실을.

사람들이 도착하면 아페롤이나 진앤토닉처럼 만들기 쉬운 식전주에 치즈와 햄, 크래커와 올리브 등으로 안주 플레이트를 준비한다. 평상시 샐러드나 채소요리를 잘 먹지 않지만 손님들을 부를 때는 식사 테이블에 꽃병 올려 장식하는 기분으로, 푸른색 채소 잔뜩 올라간 샐러드를 준비한다. 추운 날

씨라 생채소를 보는 것만으로 속이 차가워지는 것 같다면 여러 가지 버섯을 구워내면 된다. 여기에 신선한 새우와 마늘을 올리브오일에 익힌 감바스 알 아히요를 만들거나 데친 한치나 오징어, 관자 등의 해산물에 상큼한 소스를 뿌려 전채로 준비한다. 사놓은 빵과 신선한 페스토 한 병을 내면 애피타이저 준비 끝.

메인은 좋은 스테이크용 고기를 사서 소금과 후추만 뿌려 구우면 만들기도 쉽고 먹기도 편하다. 조금 더 시간이 있다면 전날 돼지고기 등갈비나 버팔로윙을 양념에 재워놓았다가 당일 굽기만 한다. 채식을 하는 사람들을 위해서는 새우나 조개 등 해산물구이를 곁들이고 날이 추우면 홍합 해산물 스튜를 만든다. 마지막에 궁중떡볶이, 파스타나 잔치국수 등 탄수화물 요리를 내면 모두가 행복해한다. 혼자 준비하기 어려우면 각자 한 가지 정도 준비해오는 포틀럭파티를 하면 되고, 모인 다음 각자 먹고 싶은 것을 상의해 배달시키는 방법도 있으니 홈파티는 예전보다 훨씬 더 편해졌다.

본 음식을 먹은 후에는 커다란 뷔페 접시를 치우고 디저트 접시를 꺼내 친구들이 가져온 디저트와 과일을 담는다. 선반에 놓인 잔 중에서 각자 좋아하는 것을 골라 커피나 차를

함께 마시다 보면 서너 시간은 훌쩍 흘러간다. 먹고 많이 웃고 끊임없이 떠든 후 사람들이 떠나면 기분 좋은 안도감을 느끼며 테이블을 치우고 잔뜩 꺼내 놓은 그릇을 씻어 정리한다. 남은 음식을 잘 정리해 밀폐용기에 담아놓는다. 앞으로 몇 끼는 저 남은 음식으로 해결하게 될 것이다.

> 거북이 스프와 아몬티야도 셰리, 캐비아와 블리니에 뵈브 클리코 샴페인, 푸아그라와 트러플로 속을 채운 메추라기구이에 클로 드 부조 레드와인, 앤다이브 샐러드, 럼에 절인 과일을 올린 케이크, 치즈와 소테른 와인, 커피와 코냑. 흰 식탁보에 기다란 촛대, 자리마다 놓아둔 고급 도자기 식기와 은식기, 와인에 맞춰 고른 유리 글라스.

음식과 관련해 내가 가장 사랑하는 장면은 오래된 덴마크 영화 〈바베트의 만찬Babette's Feast〉에 등장하는 만찬의 모습이다. 혁명에 휩쓸린 자신을 구해준 노자매를 위해 복권 당첨금으로 상상할 수 없는 만찬을 준비하는 파리 최고 레스토랑의 전직 셰프 바베트. 금욕적인 손님들은 그가 차린 놀라운 음식을 앞에 두고 악마의 유혹일지도 모른다며 경계하고 '우리는 맛을 느끼지 못하는 것으로 하자' 약속한다. 하지만 코스가 진행될수록 그 맛과 분위기에 감탄하며 서서히 긴장을 풀고 가장 원초적인 행복을 느끼게 된다.

복권 당첨금을 만찬 준비에 다 털어넣고 결국 예전처럼 무일푼으로 돌아가다니 나라면 상상도 할 수 없는 일이다. 그래도 좋아하는 사람들을 위해 음식을 멋지게 차려 대접하고 싶은 그 마음은 이해하고 남을 것 같다. 체면 차릴 일 없이 편안한 사람들과 함께하는 대혼돈의 홈파티가 워낙 즐겁고 소중하다 보니 모임이 끝나면 바로 다음 파티를 계획하곤 하니까.

영화 속에서 만찬에 참석한 노인이 "우리가 이 땅에서 가져갈 수 있는 것은 남에게 주었던 것뿐"이라고 말한다. 홈파티를 자주 했던 나는 사람들을 위해 차렸던 음식과 그 음식을 담아냈던 그릇, 서로에게 보낸 응원과 위로를 가져갈 수 있으려나. 미래와 노후를 준비하면서 연금과 보험, 적금에 대해 고민했는데 여기에 하나 더 추가해 친구들을 불러 차를 마시고 밥을 먹는 일을 자주해야 할 것 같다. 어떻게 해서든 이 땅에서 잔뜩 가져가고 싶은 것이니까.

음식은 위대한 연결고리이며,

웃음은 그 연결을 굳히는 시멘트다.

_필립 로젠탈(미국의 푸드 다큐 프로듀서)

"Food is the great connector, and laughs are the cement."

_Philip Rosenthal

별을
마시려면

좋은
글라스가
필요해!

우리 집에서 가장 좋은 자리, 집의 한가운데를 차지하고 있는 것은 와인셀러다. 주방과 다이닝 공간이 연결되는 곳, 다른 집 같으면 식탁을 놓았을 자리에 와인셀러를 놓았기 때문이다. 대리석 상판 아래 목재로 케이스를 만들어 안에 와인셀러를 밀어넣고 그 위에 여러 가지 술을 올려 작은 홈 바로 사용한다. 집에서 가장 중요한 자리를 차지하고 있다 보니 어느 방향에서도 반짝거리는 술병이 잘 보인다. 각종 위스키와 함께 투명한 보드카와 진, 갈색의 럼, 붉은빛 도는 캄파리와 노란색 리몬첼로 병이 늘어서 있는 모습은 웬만한 미술품보다 근사하다. 적어도 나에게는 그렇다.

술 마시러 가면 받아 놓은 맥주가 좀처럼 줄지 않아서 "보리차가 되는 때까지 기다리는 거냐" 하는 놀림도 많이 받았고 회사 엠티 가서는 소맥 두 잔 마시고 쓰러져 잠드는 하찮은 주량이지만, 술을 사들이는 것은 너무나 신나는 일이다. 바에 가면 술병과 술잔 세팅 구경하느라 마음이 설렌다. 읽지 않는 책으로 거실 인테리어를 하는 사람이 있는 것처럼 마시지 않는 술로 주방 인테리어를 하는 사람도 있는 것이다.

온갖 종류의 술을 구비해 놓는 우리 집에서 나에게 가장 중요한 술을 고르라면 역시 샴페인이다. 개인적으로 제일 좋아하는 술이라서 마트나 백화점 와인 매장에서 세일 공지를 받으면 달려가 샴페인과 스파클링 와인을 사온다. 결혼할 때 '예물 살 값으로 평생 샴페인이나 사 마시자' 합의했는데 그동안 마신 술값을 따지면 반지 값을 훨씬 웃돌지도 모른다. 보석 반지는 되팔 수나 있지, 샴페인은 몸무게를 늘려주기나 할 뿐이니 적절한 투자였는지는 모르겠다. 하지만 복잡한 맛과 우아한 향, 입안에서 기분 좋게 터지는 기포의 유혹을 거절할 수는 없다.

샴페인 제조법을 확립한 샴페인의 수호성인 돔 페리뇽 Dom Pérignon, 페리뇽 수사는 샴페인이 '별이 입안에서 터지는 맛'이라고 표현했다는데, 샴페인을 처음 마셨던 대학생 시절의 나는 "입 안에 누가 보석 가루를 뿌려주는 것 같다" 하고 생각했다. 샴페인 하우스와 빈티지에 따라 가볍고 경쾌한 맛, 무겁고 진중한 맛으로 선택할 수 있고 드라이한 맛부터 살짝 단맛, 아주 단맛 중에서 고를 수도 있다. 샴페인을 식전주로만 생각하는 경우도 많은데 애피타이저, 샐러드, 메인, 파스타, 디저트에 이르기까지 다 잘 어울리는 술이기도 하다. 양식은 말할 것도 없고 일식과 중식, 동남아 음식은 물론 지나치게 맵거나 짠 음식을 제외한다면 한식과 함께 마셔도 좋은 관대한 술이 샴페인이다.

프랑스 샹파뉴 지역, 랭스에 있는 대성당에서 열리는 프랑스 왕의 대관식에 사용되면서 샴페인은 좋은 일이 있을 때나 축하할 일이 있을 때 마시는 술이 되었다. 만드는 과정이 복잡하고 가격도 만만치 않기에 각종 스포츠 경기의 우승 장면이나 힙합 뮤직비디오에서 샴페인을 흔들어 뿌리는 것을 볼 때마다 혼자 안절부절못하며 아까워한다. 비싼 술을 함부로 사용하는 걸로 자신의 부와 지위를 표현하는 사람들 덕에 샴페인은 '플렉스'의 술이 되기도 했다.

샴페인이 좋은 또 다른 이유는 강인하고 능력 있는 여성들이 만들어낸 술이기 때문이다. 여자가 자기 이름으로 은행 계좌를 열 수도 없었던 시절, 일찍 세상을 뜬 남편을 대신해 스물일곱 살에 샴페인 하우스를 맡아 효모 찌꺼기를 걸러내 샴페인을 투명하게 만드는 방법을 고안했던 뵈브 클리코Veuve Clicquot, 뛰어난 마케팅 능력을 발휘해 볼랭저를 007 제임스 본드의 샴페인으로 만든 릴리 볼랭저Lily Bollinger, 단맛 일색이던 샴페인에 드라이한 맛의 기준을 정립한 마담 포므리Madame Pommery. 이게 다는 아니어서 샴페인을 좋아하는 이유

Joseph Perrier
CHAMPAGNE
BRUT

를 대라고 하면 100가지쯤 댈 수 있을 것 같다.

그런 샴페인의 맛과 분위기를 제대로 살리려면 글라스가 필요하다. 샴페인 글라스로 오랫동안 사용되었던 것은 쿠페Coupe 글라스다. 레오나르도 디카프리오가 주인공으로 등장한 1920년대 배경의 영화 〈위대한 개츠비〉에서 주인공이 손가락 사이에 무심하게 끼고 있던 넓적한 잔. 오래 전 샴페인이 훨씬 달고 살짝 끈적이던 때에는 별 문제가 없었을 텐데 요즘처럼 투명하고 드라이한 샴페인을 담으면 향과 기포가 모두 빨리 날아가 버린다. 더구나 이런 잔을 들고 파티에서 돌아다니면 안에 든 샴페인이 쉽게 출렁거려 쏟기 일쑤일 것이다. 그래서 길쭉하고 입구가 좁아 향과 맛을 제대로 살려준다는 플루트잔이 등장했고 많은 사람들이 이 잔이 최선이라고 생각했다.

그런데 언제부터인가 불만이 나오기 시작했다. 맛과 향의 미묘함을 강조하는 빈티지 샴페인을 플루트잔에 마시면 거품이 멋지게 보일지는 몰라도, 샴페인이 소용돌이치며 미세하게 부서져 아로마를 제대로 방출시키기에는 너무 바닥이 좁다는 지적이 등장했다. "플루트잔을 쫓아내자Kill the Flutes"는 이야기까지 나올 정도였다. 플루트잔을 맹렬하게 반대한 곳 중 하나는 고급 샴페인 하우스 크루그Krug다. 그냥 반대만 하는 데 그치지 않고 2012년 와인잔 전문 제조업체인 리델과 함께 하우스 설립자의 이름을 딴 르 조셉Le Joseph 글라스를 만들었다. 당시 크루그의 CEO 매기 엔리케스Maggie Henríquez는 언론과 인터뷰할 때면 "플루트잔에 크루그 샴페인을 마시는 것은 귀마개를 하고 오페라를 감상하는 것이나 마찬가지"라고 이야기했다.

샹파뉴 지방에 자리한 크루그 와이너리에 들러 크루그 가문 6대손인 올리비에 크루그의 안내로 셀러를 둘러본 적이 있다. 여러 가지 샴페인을 시음하는 동안 "우리 샴페인은 언제 어떻게 마셔도 좋지만 플루트잔에 마시는 것만은 안 돼요! 전용 잔을 구할 수 없다면 차라리 화이트와인 잔에 마셔요!" 하는 이야기를 몇 번이나 들었는지 모른다. 미각과 후각 모두 별로 예민하지 않은 나는 어떤 잔에 마시건 샴페인이라면, 더구나 좋은 샴페인이라면 모두 다 맛있게 느껴졌다. 그냥 많이 마시는 게 최고라고 생각했다. 하지만 보통 와인잔보다 아래쪽이 좁고 길쭉하지만 위로 올라올수록 넓게 퍼져서 샴페인이 공기와 만나는 면적이 넓고 향이 모이는 공간도 넉넉한 글라

플루트잔

스에 샴페인을 따라 마셔 보면서 '음… 이건 또 다른 경험이군' 감탄하게 되었다.

과학은 계속 발전하며 새로운 가설을 제안하고 확인하는 과정을 반복한다. 사람들의 취향도 계속해서 바뀌고 신선한 유행이 등장한다. 샴페인잔을 놓고도 쉴 새 없이 새로운 제안이 이어지는데 내 인생에서는 개선과 새로운 시도가 이루어지고 있나 뜬금없이 반성하게 되었다. 이미 더 나은 해결책이 나와 있는데 무지와 게으름으로 효용 낮은 방법을 고집하지 않겠다고 결심도 했다.

그 반성과 결심의 증표로 르 조셉 글라스를 구해 놓고 아주 가끔 비싼 빈티지 샴페인을 마실 때 사용한다. 스파클링 와인이나 논빈티지 샴페인을 마실 때는 일반적인 샴페인잔을 사용한다. 친구들이 놀러왔다 한두 개쯤 깨도 개의치 않을 평범한 플루트잔과 손잡이가 없어서 안심이 되는 리델의 O 시리즈 샴페인잔, 튼튼하고 실용적인 이딸라 샴페인잔이 그릇장에 자리 잡고 있다. 어떤 잔이 최선인지 이렇게 고민할 일인가 싶지만 좋아하는 대상에 몰두할 때만큼은 진지해지는 것도 나쁘지 않을 것 같다.

르 조셉 글라스

〈돈 룩 업Don't Look Up〉이라는 영화에서는 혜성 충돌로 지구가 멸망하는 세상을 보여준다. 사람들은 나름의 방식으로 삶의 마지막을 준비하는데, 그중 가족과 친구들이 모여 음식을 마련해 마지막 만찬을 즐기는 장면이 등장한다. 나라도 저런 순간에는 가장 좋아하는 사람과 가장 좋아하는 음식을 먹으며 담담하게 보내고 싶을 것 같다. 그래서 이 세상에서의 마지막 식사를 한번 상상해 보았다.

일단 갖고 있는 가장 좋은 샴페인을 한 병 따서 갖고 있는 가장 좋은 샴페인잔에 따를 것이다. 감자를 썰고 튀겨 소금을 살짝 뿌린 프렌치프라이를 만들 것이다(팝가수 마돈나도 샴페인과 프렌치프라이를 최상의 조합이라고 이야기한 적이 있다). 입안에서 잔잔하게 폭발하는 샴페인 기포를 맛보며 짭짤하고 뜨거운 감자튀김을 먹으면 없던 용기가 생겨나서 별 미련 없이 마지막을 맞이할 수 있을지 모른다. 물론 저런 순간에 '아차, 샴페인 사놓는 것을 까먹었네' 하면 시작부터 망하는 것이니 미리미리 몇 병 사다 놓으며 만일에 대비하는 걸로!

커피의
시간,

차의
시간

'기호품嗜好品'이라는 말은 참 근사하다. 없다고 생존 그 자체에 문제가 생기는 것은 아니지만 있으면 즐거워지는 온갖 것들이 기호품이다. 커피, 차, 술과 초콜릿, 담배, 청량음료, 각종 향신료 등이다. 기호품의 공통점이라면 대부분이 꽤 자극적이고 독특한 풍미가 있으며 가벼운 중독을 만들어낸다는 것이다. 나의 경우 담배를 제외하곤 온갖 기호품을 다 좋아하는데 그중 가장 가깝게 느끼는 것은 역시 커피. 주기적으로 마감하는 일을 지겹도록 오래 했으니 커피와 한몸이 될 수밖에 없다. 잡지 기자로 일했던 지난 세월 동안 내가 마신 커피의 양을 모두 합한다면 어느 정도나 될까 싶어 대충 계산을 해봤다. 매일 두세 잔 정도, 500밀리리터씩 30년 동안 마셨다면 대략 5,475리터이니 5톤짜리 탱크로리 하나 정도의 양이 된다.

아침에 일어나서, 점심 먹고 나른할 때, 저녁 야근하며 온힘 다해 밀어붙일 때 늘 옆에 있어주는 것이 커피다. 커피는 멍하니 풀어진 정신을 조여주는 역할을 한다. 체력 좋은 대학생 시절과 직장 초년생 시절에는 맛이나 향을 생각할 겨를 없이 그냥 습관처럼 몇 잔이고 마셨던 커피. "대접으로 하나 가득 마셔도 아무렇지 않을 걸?" 하고 자부했던 것은 다 지나간 이야기고 이제는 슬프게도 커피를 좀 많이 마시면 심장이 뛰고 밤에 잠이 오지 않는다. 하지만 커피가 주는 즐거움은 싫증나는 법이 없다. 원두를 덜어 그라인더로 갈고 거름종이를 올린 후 적당한 온도의 물을 살살 부어가며 커피를 내리는 일. 갈아놓은 커피를 탬핑해 높은 압력과 온도로 에스프레소를 내리는 일. 캡슐 하나를 기계에 넣고 버튼을 누르는 짧은 기다림. 그 자체가 행복이다.

커피에 대한 사랑이 원두커피에만 몰릴 수는 없는 일이다. 1910년 미국에서 전쟁 보급품으로 만들어낸 인스턴트 커피에 설탕과 분말 크림을 섞어 개별 포장한 커피믹스는 1976년 우리나라에서 탄생했다. 2017년 특허청이 조사한 '한국을 빛낸 발명품' 중 당당히 5위를 차지했는데 더 높은 순위에 있는 것은 훈민정음, 거북선, 금속활자와 온돌 정도였다. 커피믹스가 아니었다면 이 나라 수많은 사무실의 야근이 훨씬 더 고달팠을 것이고 캠핑과 낚시는 훨씬 덜 재미있었을 것이다. 사무실에서 후배들은 아무도 커피믹스를 마시지 않지만 나는 간이 주방에 커피믹스를 대용량으로 사두고 비상용으로 책상 서랍에 다섯 봉을 소중히 보관해놓곤 했다.

출장 가는 여행 가방에도 빠뜨리지 않는다. 유명한 카페와 커피 전문점이 얼마나 많은데 뭘 이런 걸 가져왔냐고 놀리는 사람도 있는데 흠, 조금만 기다려 보라지. 힘든 일정이 계속될 때면 한 사람 두 사람 몰래 내 방으로 찾아와 '혹시… 커피믹스 남은 거 없냐'고 묻곤 한다. 세상 어떤 피로는 커피믹스만이 달래줄 수 있다는 걸 우리는 이미 알고 있다.

시도 때도 없이 원두커피와 인스턴트 커피를 마시다 보니 커피잔도 늘어간다. 한국은 소비량이 세계 6위권일 정도로 커피가 국민 음료인 만큼 어느 집이건 커피잔 세트나 온갖 기념 머그잔, 들고 다니며 마시는 텀블러까지 다양한 종류를 보유하게 된다. 손쉽게 살 수 있고 부담도 적으며 선물로 주고받기 가장 편한 아이템이라 숫자가 늘어가는 건 순식간이다. 나 역시 200밀리리터 전후의 가장 일반적인 커피잔, 드립커피를 잔뜩 내려 마실 때 쓰는 대형 머그잔, 양은 적지만 맛과 향은 더 강렬한 에스프레소를 위한 데미타스잔, 에스프레소보다 더 곱게 간 커피를 물과 함께 끓이다 설탕을 넣고 끓이고 가라앉히기를 반복하는 걸쭉한 터키커피를 위한 잔 등 집에 커피잔이 잔뜩 있다.

커피잔만으로 끝날 일이 아니어서, 가끔씩 홍차나 과일차도 마시니 향과 색을 잘 느낄 수 있도록 입 부분이 넓은 전용 찻잔도 준비되어 있다. 겨울철 자주 마시는 코코아를 위한 잔도 따로 준비해 놓았다. 이 정도라면 내오는 음료의 맛이 문제여서 그렇지 장비로는 내일 당장 작은 카페를 창업한다고 해도 운영에 문제없을 정도다.

한동안 커피잔이나 찻잔을 4인용이나 2인용 세트로 사곤 했지만 이제는 딱 하나씩, 1인용으로 산다. 일본 하코다테에 여행 갔다 작은 카페에 들렀는데, 모양과 디자인이 다른 커피잔과 찻잔을 수십 개 마련해놓고 손님의 분위기와 그날그날 날씨와 음료의 종류 등에 따라 각기 다른 잔에 차려주는 것이

근사해 보였다. 그 다음부터는 나도 커피잔을 하나씩 사서 그 날 쓰고 싶은 것으로 바꿔가며 사용하게 되었다. 친구들이 집에 놀러 오면 좋아하는 잔을 고르라 하고 커피나 차를 담아주면서 사소한 행복을 느낀다.

커피가 긴장을 다지기 위해 마시는 노동의 음료라면, 녹차나 보이차는 긴장을 풀기 위해 마시는 휴식의 음료다. 환절기에 목감기로 고생하다 뜨거운 보이차를 두 주전자 우려 마시고 나아진 이후로 보이차 팬이 되었고, 보성과 하동 취재를 다녀온 후 이곳의 녹차를 좋아하게 되어 가끔 마신다. 순서가 틀렸네, 자세가 바르지 않네, 차 맛을 구별 못하네 지적이 난무하는 까다로운 '다도'를 생각하면 주눅이 들고 귀찮게 느껴졌는데, 전시장에서 다구 만드는 작가들의 차회에 몇 번 참석하고 나니 커피 만들어 마시는 정도의 노력이면 된다는 것을 알게 되었다.

소꿉장난처럼 작은데 물 떨어짐에 신경 쓰고 온도를 잘 유지하는지, 안전한지 고민해서 만들어낸 손바닥만 한 찻주전자, 차를 덜 때 사용하는 작은 수저와 차칩, 물 온도를 적당히 조절하고 차를 나누는 숙우, 찻잔과 찻잔받침. 차 마시는 데에 관련된 기물들이 셀 수 없이 다양해 이 세계에 빠지면 바로 파산의 길을 걷게 될 것 같았다. 그래서 가장 간단하고 편안한 기본 도구를 갖춰 놓고 저녁때면 이런저런 차를 마시며 하루를 정리하는 습관을 들이고 있다. 친구들과 천천히 차를 우려 작은 잔에 조심해서 따르고 마시는 동안에는 이상하게 연예계 가십이나 부동산이나 주식 이야기는 하지 않게 된다. 대신 좀 뜬금없게 원하는 인생 방향을 고백하거나 오래된 추억을 털어 놓는다. 술을 마실 때와는 다르게 조금 진지하고 차분해지는 모습에 서로 닭살 돋는다고 놀리지만 이런 순간을 공유하는 것도 나쁘지 않다.

인간 몸의 70퍼센트는 물로 되어 있고 지구 표면의 70퍼센트 역시 바다와 강, 호수 등 물로 덮여 있다. 무언가 마실 때마다 이 사실을 떠올린다. 모든 살아 있는 것은 수분을 필요로 한다. '목마르다'는 표현이 가장 강렬한 소망과 갈망을 상징하는 것도 그 때문일 것이다. 건강 최우선주의자들은 '커피나 차의 카페인과 타닌은 몸에 좋지 않을뿐더러 모든 음료는 물을 대신하기 위해 나온 불완전한 대체재라며 무언가 마셔야 한다면 물을 마시라'고 한다. 그러면 또 한쪽에서는 바로 '커피와 차를 많이 마신 사람이 발암률도 낮고 장수한다'는 연구 결과를 내민다.

쉴 새 없는 논쟁이 이루어지는 가운데 나는 시소의 가운데에 웅크리고 앉아 있기로 한다. 뭐, 어느 쪽이건 다 나름대로 근거가 있을 테니 그냥 물도 커피도 차도 많이 자주 마셔서 수분 충만한 상태, 생명력 충분한 상태를 유지하면 되는 것 아닌가. 긴장을 위해 마실 것이 있고 이완을 위해 마실 것이 있으며 그 한가운데 평정 상태의 마실 것도 존재하다니 참 큰 축복이다.

일상의
풍경이

예술이 되는
신비

루카 구아다니노 감독의 영화 〈아이 엠 러브I Am Love〉에서 가장 내 기억에 남은 것은 인정받을 수 없는 절절한 사랑의 이야기가 아니다. 밀라노 풍경이나 주인공의 근사한 패션은 더더욱 아니다. 시어머니가 새로 들어올 손자며느리에게 주라면서 벽에서 그림을 한 점 떼어내 여주인공인 며느리에게 건네주는 모습이었다. 레키 가문의 부와 안목이 어느 정도인지 보여주는 증거이자 '이런 집의 안주인으로 살려면 이 그림처럼 알아서 우아하고 조용하게 행동하라'는 상징적인 장면이지 않을까. 영화 속 그림은 이탈리아의 화가 조르조 모란디Giorgio Morandi의 작품이다. 모란디의 그림을 철 지난 달력이나 대량 인쇄한 포스터 떼듯 무심하게 건네주는 장면을 볼 때면 저런 분위기의 집에서 살아간다는 것은 도대체 어떤 의미일까 궁금해지곤 했다.

'뚱보들의 도시'라는 애칭을 가진 이탈리아 볼로냐로 언젠가 꼭 긴 여행을 가겠다고 투지를 불태우는 것은 볼로냐소시지와 볼로네즈 소스 때문이기도 했지만 좋아하는 화가 조르조 모란디 때문이기도 하다. 모란디는 이탈리아 볼로냐에서 태어나 볼로냐에서 생을 마감했다. 1944년 레지스탕스 혐의로 잠깐 투옥되었던 것을 제외하면 이렇다 할 사건 없이 평생 독신인 채, 결혼하지 않은 누이들과 함께 이 도시에서 살았다. 세상의 번잡함을 끊어낸 수도사처럼 작은 침실 겸 작업실에서 평생 그림을 그린 예술가다.

모란디의 이름을 모른다고 해도 목이 긴 병과 물 항아리, 꽃병, 작은 볼, 상자가 도시의 스카이라인을 구성하는 건축물처럼 등장하는 그림은 어디서 본 것 같은 느낌을 줄 것이다. 오래 전 국립현대미술관 덕수궁관에서 열린 전시에서 흰색과 회색, 연한 청색을 주로 사용한 그의 작품을 실제로 만날 수 있었다. 화집이나 포스터가 아닌 실물을 제대로 보며 다시 한 번 모란디가 만들어낸 세계에 빠져들었다. 구체적인 물성은 다 지워버린 단순하고 평편한 세계. 화려함과는 거리가 먼 금욕적인 그림인데 바라보는 동안 다른 생각을 하지 못하게 만드는 힘이 있었다. 서늘하고 단정한 매혹 혹은 차가운 열정? 굳이 이름 붙이자면 그런 느낌이었다.

그리고 시간이 지나 화려한 팝아트와 난해한 추상화, 압도적인 비디오 아트로 전시장이 가득 차고, 패션쇼장처럼 화려하게 차려 입은 사람들이 가득한 아트 페어의 한 구석에서 조르조 모란디의 그림을 다시 만났다. 익숙한 물병과 컵과 단

Giorgio Morandi, Natura morta, 1961

지와 볼 몇 개가 담긴 그림의 반경 2미터 정도는 '평온'의 결계를 쳐놓은 듯 차분하고 고요했다. 작은 그림이지만 전시장의 요란함을 단번에 눌러주는 특별한 힘은 어디서 나오는 걸까.

모란디는 작업실 선반에 놓아둔 물체들을 매일 바꿔가며 고른 후 배치를 다르게 해서 그리고 또 그렸다. 그릇과 병에 먼지가 내려앉아도 털어내거나 닦아내지 않았다. 있는 그대로의 세계 속에서 평범하고 일상적인 사물의 복잡한 요소를 제거하여 본질에 도달하는 것을 추구했기 때문이다. 가장 완벽한 구도와 구조를 찾아내기 위해 끝없는 실험을 되풀이하는 것, 단순하고 익숙한 물건들에 새로운 자리를 찾아주는 것이 그가 하는 작업의 가치이자 의미였다.

조르주 브라크를 연상시킬 정도로 힘이 넘치고 대담한 정물을 그려낸 영국 출신의 윌리엄 스콧William Scott은 내가 모란디만큼 좋아하는 화가다. 모란디가 작지만 명료한 목소리로 속삭이는 느낌이라면 스콧은 다이내믹하게 웅변하는 느낌을 준다. 스스로를 추상화가라고 표현했지만 나에게 그는 가장 아름다운 '풍경'을 그린 작가다.

“나는 온통 음울하고 엄격한 세상에서 성장했다. 내가 아는 정원이라고는 묘지밖에 없었고, 집에는 제대로 된 가구도 하나 없었다. 내가 그리는 대상은 내가 가장 잘 알고 있는 일상의 상징이다… 어느 집에나 프라이팬은 있으니까.”

스코틀랜드 가난한 농가에서 태어난 그는 식탁과 주방의 사물을 그리게 된 이유를 이렇게 단순하고 명쾌하게 설명했다. 스콧의 그림 속에서 그릇과 커피잔, 계란과 꼬투리콩, 고등어와 서양배 같은 대상들은 텅 빈 평면 위에 떠 있다. 마분지를 오려 만든 것 같은 평평한 모양 덕에 더 강력한 존재감을 발산한다. 추상과 구상을 오가는 듯한 그림은 색과 색조에 대한 탐구로 느껴지기도 하는데 강력한 윤곽선 덕에 등장하는 물체들이 화면 속에서 자리를 놓고 경쟁하는 것처럼 보여 ‘정물’이라는 표현과 달리 역동적인 에너지가 느껴진다.

그릇과 주방용품, 과일과 채소 등을 그린 정물화가 진지한 예술 장르로 대접받게 된 것은 18세기에 이르러서다. 인물화나 풍경화에 비해 한참 늦게 인정받았다. 그전까지 과일 같은

William Scott, Grapes, Bowl and Knife, 1976

식재료나 그릇은 인생무상이나 피할 수 없는 운명과 죽음, 인간사의 헛됨을 보여주는 '바니타스Vanitas' 그림에서나 볼 수 있었다.

신선한 사과와 빵 그림이 음산한 해골 그림보다 집에 걸어두고 자주 보기에 훨씬 좋지 않을까? 매일 사용하는 물컵과 접시를 그리는 일이 누구인지도 모르는 귀족 남자의 초상을 그리는 것보다 못할 것이 무엇인가? 일상에서 사용하는 물건은 고상하지도 엄숙하지도 않다는 생각은 왕과 귀족이 아닌 일반 시민이 예술을 생활에서 즐기고 작품을 구입하게 되며 조금씩 변하기 시작했다. 일상의 소재가 충분히 예술의 대상이 될 수 있다는 것을 많은 사람이 확인하게 된 것이다.

모란디는 자신의 그림에 정물화를 뜻하는 이탈리아어인 '나투라 모르타Natura Morta'라는 제목을 자주 붙였다. 말 그대로 하자면 '죽어 있는 자연'이라는 뜻이다. 윌리엄 스콧은 자신이 그린 그림을 '일상의 사물The Things of Life'이라고 소개했다. 평범하다 못해 지루해 보일 수도 있는 대상이니 색다르게 표현할 법도 한데 이 두 사람은 재미있거나 특별하게 보이려는 노력에는 아예 관심이 없었다. 특별한 요소들은 애써 다 지워버리고 침착한 평안과 팽팽한 긴장감을 남겼다. 복잡한 세상을 본질의 상태로 표현하는 자신만의 도전이었을 것이다.

평생 사진을 찍었지만 80대에 들어서야 대중에 인정을 받고 90세에 세상을 떠난 미국의 사진작가 사울 레이터Saul Leiter는 "신비로운 일들은 익숙한 장소에서 벌어진다. 늘 지구 반대편으로 떠날 필요는 없다"고 말했다. 맞는 말이다. 신비한 일들은 모란디가 빈 병을 잔뜩 진열해 놓은 선반 위에서, 스콧이 매일 장 봐온 것들을 올려놓은 식탁 위에서 일어났다. 모란디와 스콧이 평생 그린 그릇과 식재료들은 매일 단단하게 이어간 자기 수련과 강렬하고 고집스러운 삶의 에너지로 반짝거렸다. 지루할 수 있는 일상의 풍경이 잊지 못할 예술작품으로 바뀌는 것처럼 신비로운 일은 없다.

"모든 것은 신비다.
우리 자신과 모든 단순하고 소박한 것들까지도."

_조르조 모란디

"Everything is a mystery, ourselves, and all things both simple and humble."

_Giorgio Morandi

칼날의 단련으로
태어나는

부드러움의
미학,
목기

차가운 지옥과 뜨거운 지옥이 있다면 어느 쪽이 나을까.

불이 들어가기 시작한 도자기 가마를 보며 이런 부질없는 생각을 해보았다. 지옥이면 다 같은 지옥이지 온도를 따질 일일까 싶지만 말이다. 흙덩어리였다가 저 안에서 1,000도 넘는 불길을 견디며 터지거나 주저앉는 일 없이 아름다운 색과 문양으로 태어나는 도자기는 존재 자체가 기적이다. 장작이 타면서 만들어내는 불을 보고 있으면 옛날 사람들이 왜 불을 숭배하는 종교를 만들어냈는지 알 수 있다. 일렁이는 불꽃의 자극이 워낙 강렬하다 보니 왜 고난과 시련을 '불'로 상징하는지도 짐작이 간다.

금속도 불을 통해 단련된다. 독성도 없고 보온과 보냉 효과가 좋아 오랫동안 사랑받아온 유기 역시 불의 단련을 거치는 그릇이다. 놋쇠덩어리를 망치로 두들기고 치면서 뜨거운 불 속에 넣었다 찬물에 담갔다 반복하면 은근한 빛을 내는 방짜유기로 탄생한다.

그릇이 겪는 시련에는 불의 고난만 있는 것은 아니다. 강철로 만든 칼날과 대팻날의 차가운 단련을 겪고 태어나는 그릇도 있다. 목기가 그렇다. 도자기가 흙을 붙여가며 만드는 '더

하기'의 그릇이라면 목기는 나무를 깎아내며 만드는 '빼기'의 그릇. 나무는 잘려 나가면 그뿐이라 다시 되돌릴 수가 없다. 다정하고 따뜻한 느낌을 주는 동시에 한편으로는 뒤돌아보지 않고 그대로 나아가는 결연한 매력이 있다. 나무를 자르고 다듬을 때 생기는 대팻밥이나 톱밥을 보면 그 단호함에 따라오는, 감추지 못한 미련 같다고 느끼는 것은 감정 과잉이려나.

영국 이스트 서식스에서 나무를 소재로 작업을 하는 닉 웹Nic Webb에게 목공을 배우러 간 남편을 통해 그가 만든 길쭉한 나무 수저를 몇 개 샀다. 주위에서 발견한 생나무를 작은 손도끼로 툭툭 쳐낸 후 조각칼로 다듬어 완성한 수저는 옹이를 그대로 살리고 살짝 불로 그을리는 가공을 더해 말할 수 없이 따뜻하고 재미난 모습이었다.

"나무가 어떻게 쓰이기를 바라고 어떻게 쪼개지기를 바랄까? 제일 먼저 이런 생각을 합니다. 모양을 생각하며 자르는 것이 아니라, 나무와 이야기를 나누며 작업을 하는 것이지요. 생나무는 목재소에서 팔지 않기 때문에 주변에서 구하는 수밖에 없습니다. 동네를 산책하거나 해외 여행에서 숙소 주변을 돌아다니며 나뭇가지를 줍고 정원

가지치기를 한 친구들의 도움을 받아 구하기도 합니다."

그가 만든 수저는 나무가 지닌 아름다움을 보여주는 가장 작고 견고한 쇼케이스였다.

콘크리트 건물 가득한 도시에서 숨 쉴 구멍이 필요하면 나무가 심긴 공원을 찾는 것처럼, 나무는 우리 생활의 많은 문제에 답이 되어준다. 한동안 유행한 철제 위주 인테리어가 차갑고 몰인정하게 느껴진다면 나무 의자를 한두 개 더하면 된다. 매끄러운 도자기나 투박한 도기로 차린 상이 무거워 보인다면 나무 접시나 볼을 두어 개 더해 생동감을 불어넣을 수 있다. 잡았을 때 차갑지 않고 뜨거운 국물을 담아도 그릇을 잡고 있는 손에는 열기가 전해지지 않는 친절함은 덤이다.

호두나무, 물푸레나무, 참나무, 아까시나무, 올리브나무 등 수종에 따라 각기 다른 무늬와 색을 자랑하고 사용할수록 손때가 묻어 세월을 표현하는 것도 나무 그릇만의 특징이다. 잘 관리하지 않으면 갈라지거나 쪼개질 수 있지만 가끔 전용 기름을 발라 말려 두고 물에 너무 오래 담가놓지 않는 정도의 주의만 기울이면 꽤 오래 쓸 수 있다.

목기를 조금 더 안전하게 또 아름답게 사용하고 싶다면 옻을 입힌 칠기가 제격이다. 강한 알칼리나 산에도 쉽게 영향받지 않고 단단하며 항균, 방부작용이 있는 옻칠은 나무 그릇이 입을 수 있는 최고로 아름다운 갑옷이다.

칠기를 만드는 과정은 엄청난 시간과 노력을 필요로 한다. 옻나무에서 수액을 채취한 후 정제해 도료를 만들고, 나무에 칠하고 말린 후 다시 칠하기를 거듭한다. 사용하다 칠이 벗겨진다고 해도 다시 칠해서 사용할 수 있다. 천연 소재이기 때문에 오래 사용한 후 자연으로 다시 돌아간다.

도자기나 목기와 다르게, 칠기는 동아시아의 한중일 삼국에서만 볼 수 있는 독특한 그릇이다. 국립중앙박물관에서 이 세 나라의 옻칠 공예를 비교하는 전시가 열렸는데 제각기 다른 방식으로 대단한 위엄을 자랑했다. 한국은 옻칠한 나무에 무지갯빛으로 영롱하게 빛나는 자개를 붙여 만드는 나전螺鈿칠기가 대표적이었고, 일본은 기물에 옻칠로 무늬를 그린 후 정교하게 가공한 금가루나 은가루를 뿌려 그림이나 문양을 표현하는 마키에蒔繪칠기, 중국은 단색 혹은 여러 색으로 옻칠을 겹겹이 두껍게 칠한 후 섬세하게 무늬를 조각한 조칠기彫漆器를 선보였다. 이렇게까지 아름답고 호사스럽게 만들 수 있을까 싶어야 진짜 사치고 럭셔리라는 사실을 새삼 확인할 수 있었다.

하지만 일상에서 칠기를 사용하는 일은 점점 드물어지고 젊은 세대에게 칠기는 낯설다. "써 보지 않으면 그 가치를 제대로 알 수 없다"며 칠기 전문점이 레스토랑을 연 것도 그 때문이었다. 일본 이시카와현의 끝, 노토반도의 와지마시는 정교하고 아름다운 '와지마 칠기'의 고향이다. 이곳에서 200년 동안 영업해온 칠기점의 젊은 후계자는 칠기를 알리기 위해 가나자와시에 레스토랑을 열었다.

저녁 코스를 먹으러 갔다가 모든 음식이 칠기에 담겨 나와서 놀랐다. 그것도 옻칠을 하고 그 위에 옻으로 그림을 그린 후 금분이나 은분을 날려 입히는 기법을 사용한 최고급 칠기들이었다. 손님 한 명에게 차려지는 칠기의 가격을 모두 더하면 우리 돈으로 3,000만 원 정도에 이를 것이라고 한다. 음식을 담기 위해 칠기를 쓰는 곳인지, 칠기를 쓰기 위해 음식을 만드는 곳인지 헷갈릴 정도였다. 밥그릇과 국그릇, 술잔과 물잔, 전채용 찬합, 코스별 음식을 담은 접시, 디저트 접시 등 고급 칠기가 음식을 먹는 내내 끝없이 이어졌다.

"손으로 잡아 보고 입을 대고 물이나 국을 마시면 분명히 다른 그릇과 다르지요. 나무의 따뜻함에 더해 고급스럽고 편안한 느낌을 강조해주는 옻칠의 가치는 사용해 봐야만 알 수 있거든요."

많은 손님들이 찾는 음식점에서 모든 음식을 칠기에 담아 내려면 그 관리와 설거지가 힘들지 않나 셰프에게 물어봤다.

> "식기용 세제를 조금만 사용해 부드러운 스펀지로 평소대로 씻기만 하면 됩니다. 씻은 후에는 부드러운 천으로 물기를 잘 닦아내지요. 매일 쓰고 매일 씻어 관리하는 수고와 노력이 쌓이면 우아한 윤기가 나는 그릇으로 '성장'합니다. 겹겹이 칠을 해 만든 그릇이라 사용하는 과정에서 조금씩 변화하는 모습을 즐길 수 있어 더 매력적이랍니다."

매일 쓰고 매일 씻는다, 그것만으로 아름다워진다. 이 말이 오래 기억에 남아 있었다. 서울로 돌아와 전시장에 갔다가 옻칠로 만든 컵을 샀다. 나무를 얇게 잘라 모양을 만들고 옻을 칠해 200도 가마에서 구워내고 다시 칠한 후 또 구워내는 과정을 반복한 결과물이다. 이 컵에 물을 마시고 커피도 내려 마시며 매일 쓴다. 배운 대로, 쓰고 나면 바로 흐르는 물로 잘 씻고 부드러운 행주로 물기를 닦아 다시 찬장에 넣어놓는다. '사람도 매일 해야 하는 일을 하고 매일 자기 자신을 돌아본다면 모르는 사이에 조금씩 나아질 거야' 한 번씩 생각하면서 말이다.

Part 4

비우다

상처와
흠집이 있어
아름다운

조선 도공의
그리움으로

만들어낸
일본 도자기

그릇을 좋아하는 사람이라면 일본은 매력적인 여행지일 것이다. 남쪽으로는 오키나와에서 북으로는 홋카이도에 이르기까지 이름이 널리 알려진 요장窯場(도자기를 만들어 구워내는 시설)만 100곳이 넘고 도예가의 개성을 담은 그릇들이 눈을 유혹한다. 곳곳에서 도자기 전문점이나 그릇 가게는 물론이고 그릇 전문 앤티크 숍을 볼 수 있다. 전 세계 수많은 유명 테이블웨어의 가장 큰 시장이다 보니 해당 국가에서도 구할 수 없는 다양한 제품을 만날 수 있다.

하지만 일본에서 그릇이나 도자기를 구경하러 다니는 마음이 편하지만은 않다. 한국인의 DNA를 지녔고 역사에 관심이 있는 사람이라면 일본 도자기가 어떻게 시작되었는지 알고 있기 때문이다. 도자기로 유명한 일본의 도시나 마을을 가보면 조선 도공들의 이야기를 듣게 된다. 이때 자주 등장하는 말이 '히바카리火計り'였다. 흙과 유약, 기술과 도공은 모두 조선에서 왔고 불만 일본 것이라 이렇게 부른다고 했다. 고향을 떠나 낯선 곳에서 자신들의 전통과 관습을 유지하며 살아간 사람들의 슬픈 역사를 보여주는 이야기다.

오래 전 일본 야마구치현의 작은 도시 하기로 취재를 갔다. "일본 다완 중 최고는 교토의 '라쿠야키楽焼, 그 다음이 하기야키萩焼, 세 번째가 가라쓰야키唐焼"라는 말이 있다(가마에 구웠다는 의미에서 도자기를 '야키모노焼き物'라고 부른다). 하기는 조선 침략에 참여했던 무장 모리 데루모토가 경상도 지역에서 도공 이작광, 이경 형제를 데려가 자신이 다스리던 지역에 가마를 만들고 도자기를 굽게 한 곳이다. 능력을 인정받은 형제의 후계자는 대대로 '사카 고라이자에몬板 高麗左衛門'이라는 이름을 물려받아 400년 넘게 가문을 이어가고 있다. 은행나무와 벚나무가 둘러싼 작은 집을 찾아갔을 때 우리 일행을 반겨준 사람은 12대 사카 고라이자에몬이었다. "멀리 조상의 나라에서 왔다니 더 반갑다"며 붉은색이 은근하게 도는 다완에 고운 거품이 이는 초록색 말차를 직접 내어주었다.

담백하고 중후한 멋이 넘치며 사용할수록 매력이 깊어진다는 하기야키를 소개하다 그 비결을 보여주겠다고 안내한 곳은 집 뒤편에 있는 100년 넘은 가마. "해마다 1월 4일이 되면 이 조선식 가마에 새해 첫 불을 때고 제사를 올린답니다." 가마 옆에는 적당한 크기로 자른 나무가 켜켜로 쌓여 있는데, 사카 가문에서는 40년 이상 된 적송을 2~3년간 건조시켜 땔감으로 사용했다고 한다. 기름이 은근히 배어 있는 적송은 오래 타고 불길이 세 도자기의 색을 내는 데 필수적이다. 대를 거듭해가며 수백 번 넘게 가마에 불을 지피는 데 필요한 적송을 구하는 것도 보통 일이 아니다 싶었다. 이 질문에 그는 집 뒤의 숲을 가리켰다. 선대가 심어 놓은 나무를 베어 가마를 지피는 후손은 다음 대를 위해 나무를 심는다. 그래서 이곳에는 늘 적송이 1만 5,000그루 정도 심어져 있다고 한다.

가마와 쌓여 있는 장작을 통해 400년의 세월을 이어온 치열함을 확인한 후 하기성 근처 오래된 음식점을 향했다. 오밀조밀 작지만 예사롭지 않아 보이는 접시에 지역 특산물인 복어와 성게로 만든 요리가 담겨 나오면 손님들은 그릇과 음식을 감상한 후 젓가락을 들어 조금씩 맛을 본다. 식사가 끝나갈 때쯤 주인이 나와 불편한 것이나 모자란 것은 없는지 물어왔다. 음식과 그릇에 대해 칭찬을 하면 주인은 "부끄럽습니다만…" 하는 말을 시작으로 레스토랑에서는 어떤 그릇을 쓰고 어떤 도예가를 좋아하는지 느긋하게 설명했다. 이래서 도자기의 마을인가. 그릇을 만드는 사람과 쓰는 사람 모두 자부심으로 무장한 하기에서 보낸 시간은 12대 고라이자에몬이 세상을 뜨고 그 후대가 이름을 이어받은 지 한참이 지난 지금도

青山窯
ギフト券
たばこ
翠山窯
富永窯

생생하게 기억에 남아 있다.

일본 도자기의 또 다른 발상지로 이야기되는 아리타, 이마리, 가라쓰 일대를 여행할 때도 비슷한 경험을 하게 되었다. 큐슈 지방에 위치한 사가현의 아리타는 임진왜란 때 끌려간 이삼평이 백자를 빚을 수 있는 흙을 발견해 일본 최초로 가마를 만들어 도자기를 굽기 시작한 곳이다. 이마리 역시 17세기 네덜란드의 동인도회사와 중국 상인을 통해 아랍과 유럽에 대량으로 수출되면서 최전성기를 자랑한 일본 도자기의 대표적 산지이자 수출항이었다.

사람들이 이마리 시내에서 조금 떨어진 도자기 마을인 오오카와치야마大川內山에 꼭 가봐야 한다고 해서 길을 나섰다. 바위산과 나무를 배경으로 각 요장의 굴뚝이 묘한 조화를 이루는 가운데 '비경秘境의 도자기 마을'이라고 입구에 커다랗게 써 있다. 그런데 이 마을에 대한 설명을 듣다 보니 비밀스러운 경치가 반갑지만은 않았다. 임진왜란 때 데려온 조선 도공이 도망갈 수 없도록 산세가 험하고 감시는 쉬운 곳을 선택해 만든 마을이었으니까. 산에서 내려오는 자욱한 안개와 숲이 만들어낸 차가운 대기가 속세와 단절된 분위기를 내는데

일본의 나카자토 공방

무연고 묘 수백 기가 자리하고 있었다. 그중 상당수의 주인은 조선 도공과 그 후예라고 했다. 미리 알았으면 한국에서 술 한 병 들고 왔을 텐데.

이마리에서 멀리 떨어지지 않은 가라쓰 역시 일본에서도 손꼽히는 도자기의 도시로, 시내에 요장만 60곳이 넘는다. 그 시조도 임진왜란 때 끌려온 경남 사천 출신 도공으로 알려져 있다. 역시 조선 도공이었을 것으로 추정되는 나카자토中里에 의해 기법이 다양해지고 다듬어져서 가라쓰야키는 일본을 대표하는 도자기로 인정받았다. 한동안 명맥이 끊긴 가라쓰야키를 부활시킨 주인공이 인간문화재로 지정된 12대 나카자토 다로에몬이었는데 이분의 삼남 나카자토 시게토시는 산겐가마三玄窯를 열어 대대로 내려오는 도예작품을 전시해 놓고 있었다. 다양한 문양과 기법을 사용하는 산겐가마의 전시 작품은 철분이 함유된 흙과 모래에 재나 짚을 태워 얻은 유약을 사용한 것들이 많았다. 한국 박물관에서 보았던 분청사기의 귀얄문이나 덤벙, 철화 기법을 연상케 해서 더 마음이 갔다. 사용할수록 찻물이 아름답게 들어 많은 다인들이 '보물'로 여긴다는 차완. 반가워서 덥석 손이 먼저 나갔는데 가격표에 놀라 얼른 거둬들여야 했다.

이렇게 도자기의 역사가 길다 보니 이 일대에는 예술로서의 도자기뿐 아니라 일상에서 사용하는 도자기에도 관심 있는 사람이 많다. 음식점들도 어떤 그릇에 어떤 음식을 차려낼지 고민하고 특정 요장이나 도예가, 브랜드의 그릇을 세심하게 고른다. 가라쓰 시내에서 60여 년 넘는 역사를 자랑하는 가이세키 집도 그랬다. 셰프인 아버지, 손님을 응대하는 어머니와 딸 등 가족이 함께 운영하는데 근처 바다에서 잡은 해산물, 복어나 송이버섯 등 제철 별미로 메뉴를 구성한다. 이곳에서는 가라쓰 출신 도예가들의 그릇을 모아 놓고 계절과 분위기에 따라 적절한 것을 골라 사용한다. 어떤 그릇을 어떤 상황 혹은 손님에게 골라내는지 물었더니 '그날의 인연'이라고 설명한다. 혹시라도 일하다 이 작품 같은 그릇을 깨면 어떻게 되는 걸까. 접객을 맡고 있는 안주인이 웃으며 대답을 해주었다. "그런 그릇은 가능하면 저나 가족들이 다루려고 해요. 그래야 깨도 어쩔 수 없다 마음을 접을 수 있고 또 주의를 기울이라고 더 엄하게 야단을 칠 수 있으니까요."

아, 내 마음과 똑같다. 아끼는 그릇은 음식을 차리거나 설거지를 하다 혹시 깨질까 봐, 깨트린 사람 원망할까 봐 다른 사람에게 절대 맡길 수 없어 내가 해야 하는 그 마음.

일본의 미의식을 이야기할 때 자주 등장하는 '와비侘び'는 간소함과 차분함을 중시한다. 16세기 승려 센노리큐千利休는 그 '와비'를 구현하는 방식 중 하나인 다도를 집대성했는데 여기에는 작은 족자 하나, 꽃 한 송이 꽂힌 꽃병 이외엔 아무 장식이 없는 수수한 다실과 역시 소박하지만 기품 있는 다기가 필요하다. 센노리큐와 차를 마시며 궁극의 아름다움을 추구하고 초월의 삶을 읊던 이들 중에 조선 침략에 앞장섰던 도요토미 히데요시와 그의 부하들도 있었다.

가라쓰 나고야성 박물관 앞 바다는 임진왜란과 정유재란을 일으킨 이들이 군사를 모았던 출병지였다. 이 바다를 보고 있으려니 인간이 궁극의 아름다움을 추구한다느니, 고귀한 이상을 지니고 있다느니 하는 것도 다 거짓말이라는 생각이 들었다. 권력과 부에 대한 욕망은 우아한 정신의 가치를 넘어설 정도로 강력하다. 가장 빨리 부를 키우는 방법으로 전쟁을 선택하는 인간의 비정함과 잔인함을 생각하면 세상사가 다 덧없게 느껴진다. 전쟁통에 인정사정없이 '돈'이 되는 것들을 찾아내는 잔혹한 야심가들, 고향을 떠나 낯선 곳에서 도자기를 만들며 그리움과 두려움을 이겨낸 도공들. 박물관과 미술관의 유리 케이스 속과 곳곳의 도요지, 지나다 발견한 상점에서 만나는 그릇에 얼마나 많은 이야기가 담겨 있는지 알기 때문에 일본 도자기 마을 여행은 항상 무겁고 슬프게 끝날 수밖에 없었다.

지구를 한 바퀴
여행한

푸른색
그릇

사용하지 않고 자리만 차지하던 그릇과 싫증나서 더 이상 쓰지 않을 그릇을 골라 치울 때마다 한 가지 사실을 확인한다. 이 대환란을 피해 살아남은 그릇은 대부분이 흰색 바탕에 푸른색 그림이 그려진 것들이라는 점. 가장 많이 샀고 가장 많이 사용하는 그릇. 다른 집들도 비슷할 것이다.

나이나 성별에 상관없이 많은 사람이 좋아하는 색이라면 역시 푸른색이다. 차분하고 이성적인 데다가 그 어떤 색과 함께 사용해도 문제없이 잘 어울린다. "빨간색이 식욕을 가장 자극하는 색이라면 파란색은 식욕을 가장 떨어트리는 색"이라는 조사 발표를 보았는데 이 이야기가 진짜 과학적 근거가 있는지 모르겠다. 세상의 많은 가정집이 다들 푸른색 그릇을 잔뜩 갖춰 놓았고 전 세계 유명한 회사들이 저마다 푸른색 패턴의 그릇을 만들어내는데 식욕이 떨어지는 색이라니. 온통 푸른색 그릇에 노르스름한 토스트나 크림소스 파스타를 올리면 한도 끝도 없이 술술 먹게 된다구요.

청결하고 단정해 보여서 많은 사람들이 좋아하고, 그런 만큼 그릇 브랜드와 도예작가들이 푸른색 문양의 흰 그릇을 자주 만든다. 너무 익숙해져서 이게 뭐 대단한 건가 싶기도 한데, 럭셔리 아이템의 시조가 바로 청화백자라고 할 수 있다. 오래 전 동아시아에서 태어나 전 세계의 사랑을 받아온 이국적인 수출품이자 수입품, 궁극의 명품.

여러 가지 색 중 자연에서 얻기 힘든 것이 푸른색이라고 한다. 지금처럼 색조 기술이 발달하기 전에는 식물이나 동물, 광물을 통해 푸른색을 힘들게 구해야 했다. 구하기도 어려운데 사용하는 건 더 큰 문제였다. 튼튼한 도자기를 만들기 위해서는 높은 온도에서 구워야 하는데 웬만한 염료는 뜨거운 가마 속에서 다 날아가 버리고 그나마 견뎌내는 것이 코발트의 푸른색이었다. 코발트의 주산지인 덕에 푸른색 안료를 예술과 장식에 자주 사용한 것은 이슬람 문명. 사막의 하늘과 아라비아해의 바다를 닮은 다양한 푸른색의 변주를 건축물과 미술품에서 발견할 수 있다. 이스탄불의 블루 모스크 같은 곳을 방문하면 '천국이 존재한다면 아마도 푸른 타일로 장식되어 있을 것'이라고 생각하게 될 것이다.

이런 푸른색이 도자기에 본격적으로 등장한 것은 당시 도자 선진국이었던 중국에서였다. 원나라에서 명나라로 이어지는 동안, 중국은 페르시아의 청색 안료를 수입해 눈처럼 뽀얀 백자 위에 그림을 입혀 청화백자를 탄생시켰다. 조선은 화사

한 중국의 청화백자를 조금 다르게 해석했다. 유교 이념을 나라의 근간으로 삼아 모든 분야에서 절제를 강조했지만, 은근한 푸른색으로 화사한 모란과 포도, 날아갈 듯한 새를 그려 넣은 조선의 청화백자를 보면 누구라도 감탄할 수밖에 없다. 지나치지도 부족하지도 않은 품위란 저런 것인가 하고.

중국의 항구에서 배에 실리기도 하고, 실크로드를 오가는 낙타의 등을 타기도 하며 청화백자는 세상 곳곳으로 퍼져 나갔다. 그 도착지 중 한 곳이 유럽 최초의 왕립자기 제작소가 자리했던 독일 작센 공국의 마이센이었다. 작센 공국의 전폭적인 투자 덕분에 잘 깨지지 않고 색깔과 모양이 아름다운 유럽산 청화백자가 '츠비벨무스터Zwiebelmuster', 즉 양파꽃 문양의 그릇으로 탄생했다. 중국의 당초문 같기도 하고 이슬람 건축물의 기하학적인 문양 같기도 한데, 푸른색과 흰색이 잘 어우러져 지금까지도 수많은 브랜드에서 이 문양의 그릇을 만들고 있다.

동양과 서양의 조화라는 말은 너무나 자주 들어서 지겹기도 하지만, 화려하기도 단정하기도 한 마이센 잔에 커피를 마시고 있으면 그게 어떤 의미인지 대번에 이해가 된다. 투박한 도기를 쓰다 얇고 윤기 흐르며 그림까지 멋진 청화백자를 처음 본 사람들은 얼마나 큰 충격과 감동을 받았을까. 마이센에서 완성시킨 백자 제조 기법과 문양은 오스트리아와 체코 등으로 퍼져나가 수많은 브랜드에서 비슷한 도자기를 만들어 냈다. 원조 논쟁은 그때도 있었던지, 모조품을 피하기 위해 작센 공국의 상징인 쌍칼 문양을 넣어 마이센 정품을 인증한 것이 세계 최초의 로고였다는 이야기는 브랜딩 관련한 책 여기저기에서 읽을 수 있다.

청화백자는 유럽의 북쪽으로 여행을 계속해 1775년 덴마크의 테이블웨어 브랜드인 '로얄 코펜하겐'을 탄생시켰다. 코발트, 규산, 아연이 만들어내는 독특한 푸른빛 안료를 사용해 장인이 손으로 패턴을 그리기 때문에 그릇마다 농담이 조금씩 다른 것이 특징이다. 그래서 로얄 코펜하겐 매장에 가면 직원이 같은 그릇을 여러 개 꺼내 놓고 조금 더 연하거나 진한 패턴 중 마음에 드는 것을 고를 수 있도록 해준다. 로얄 코펜하겐은 푸른색 그릇의 대명사가 되어 많은 사랑을 받았지만, 현재는 인건비와 제작비 문제로 다른 도자기 브랜드들처럼 공장을 동남아시아로 옮겨갔다. 차가운 북해에서 따뜻한 태평양 열대 바다로, 여전히 '여행을 하는' 그릇인 셈이다.

푸른색 그림 도자기의 매력을 확인하는 데 꼭 그릇이어야 할 필요는 없다. 17세기 무렵 상업의 중심지였던 네덜란드의 작은 도시 델프트를 중심으로 만들어진 '델프트 블루Delft Blue'는 식기는 물론 튤립 꽃병이나 술을 담아두는 병, 각종 장식품으로 큰 사랑을 받았다. 네덜란드 항공사 KLM의 비즈니스석을 이용하면 네덜란드 전통 집 모양의 '델프트 블루 하우스 미니어처'를 탑승 기념 선물로 준다(안에는 네덜란드에서 만드는 진이 들어 있는데 열어서 마시는 사람은 거의 없는 듯하다).

해마다 이 항공사 창립기념일인 10월 7일에 새로운 디자인이 더해지는데 100개가 넘는 디자인을 자랑하며 수집의 대상이 되었다. 네덜란드의 실제 건축물을 선정해 만들어 각 모델마다 고유번호가 있고 어떤 도시의 어떤 건물인지 확인할 수 있는 전용 앱까지 있을 정도다. 나도 KLM 탈 기회가 있으면 이미 갖고 있는 모델과 겹치지 않도록 신경 써서 고르는데, 한 번은 옆 자리 승객이 "기념품 필요 없다"고 거절하기에 눈을 크게 뜨고 얼굴 가득 간절함을 담아서 "받아서 저 주시면 안 될까요?" 하고 부탁했다. 부끄러움은 순간이고 저 귀여운 델프트 블루 도자기는 내 장식장 선반 위에서 영원할 것이므로.

700년 넘는 시간 동안 바다와 사막과 고원을 건너며 중국, 한국, 일본은 물론 중부 유럽과 북유럽까지 돌고 돌며 온 세상 식탁 위를 멋지게 장식해 온 그릇. 페르시아의 안료와 중국의 원천 기술과 유럽의 디자인이 만나 탄생한 청화백자는 늘 새로운 꿈을 꾸는 그릇이다. 시공간의 제약 따위는 아랑곳 않고 놀라운 적응력을 자랑하며, 발 내디딘 곳에 맞게 새로 태어나 온 세상을 매혹하는 일이 어디 쉬운가. 판타지 영화에 등장하는 영웅들에 비견할 만한 불사불멸의 존재다. 그릇을 좋아하고 끊임없이 세상을 떠돌며 새로운 모험을 꿈꾸는 사람이라면 다음 생에는 이렇게 온 세상을 여행한 청화백자로 태어나고 싶다고 생각할지도 모른다. 나 역시 그런 사람 중 한 명이다.

TAITTINGER

밥상의
완벽한 축소,

도시락

원하는 그 어디에서라도 치킨이나 피자를 배달시킬 수 있다. 편의점에서 파는 음식만으로 잔칫상을 차릴 수 있고, 미슐랭 레스토랑 메뉴도 테이크아웃이나 밀키트로 사서 먹을 수 있다. 학교에서는 급식을 하고 구내식당을 운영하는 회사도 많으며 케이터링 전문업체도 즐비하다. 아, 그러다 보니 인생의 사소한 즐거움 하나가 잊혀 버렸다. 도시락을 직접 만들어 먹는 즐거움 말이다.

교과서나 참고서 같은 것은 학교 사물함에 몽땅 넣어두고 도시락 두 개와 간식 바구니만 들고 등교하던 고등학생 시절. 먹을 것만 한 보따리 챙겨 학교로 가는 딸을 보며 부모님은 "재가 학교에 가서 공부를 하는 건 맞겠지…" 걱정했다고 한다. 한국인의 DNA가 충실하게 내장된 덕에 계절 상관없이 따뜻한 밥과 국을 좋아하다 보니 커다란 보온도시락은 기본이고 간식으로 먹을 과일과 떡, 과자를 꾹꾹 눌러 담은 선명한 빨간색의 큼지막한 타파웨어 통도 함께 들고 다녔다.

오늘은 어떤 반찬이 들어 있을까, 간식 메뉴는 뭘까가 수업 내용보다 서너 배는 궁금했다. "대학 입학만 하면 공부 같은 건 내 인생에 다시 없다"고 다짐하던 지겨운 수험생 생활을 큰 문제없이 이겨냈던 것은 전적으로 도시락 덕분일 것이다.

공부가 전부는 아니니 내 힘으로 먹고살 방법을 찾으면 된다며 학교생활에 크게 간섭하지 않은 엄마가 응원을 표현하는 방법이 도시락이었다. 닭튀김이나 돈가스, 불고기 같은 메인 반찬에 계란말이, 문어 모양을 한 비엔나소시지 볶음, 각종 마른 반찬과 꼭 짜서 살짝 볶아 국물이 흐르지 않는 김치. 차려서 바로 먹으면 되는 밥상과 달리 도시락은 만들고 나서 시간이 한참 흐른 후 먹게 되다 보니 신경 쓸 일이 훨씬 많다. 식어도 맛있는 음식이어야 하고, 쉽게 상하지 않아야 하며, 재료와 조리법을 다르게 해 물리지 않아야 하고 맛과 위생을 위해 음식이 서로 섞이지 않게 잘 분리해야 한다.

집에서 먹는 밥상을 그대로 축소해 오밀조밀하게 담아놓은 도시락을 열 때마다 아침 7시부터 저녁 10시까지 계속되는 수업과 보충수업에 대한 짜증이 사르르 녹아들었다. 모녀가 가끔 다투기도 했고 서로 서운한 일도 있었지만 그래도 늘 도시락을 싸주고 그 도시락을 깨끗하게 잘 먹는 것으로 웬만한 갈등은 해결했던 것 같다. 대학에 입학할 때 “이제 도시락 안 싸도 되겠네…” 하는 엄마의 혼잣말을 들었다. 그러고 보니 내가 엄마의 도시락에 대해 고마움을 제대로 표현한 적이 있던가? 새벽에 일어나 아침 내내 도시락을 챙긴 엄마의 3년이 시험에 찌들어 보낸 나의 3년보다 훨씬 힘들었다는 것을 그때는 몰랐다. 지금 모르고 있다가 나중에 알게 되어 후회할 일은 또 얼마나 많을까.

한참 전 도시락의 추억을 새삼 떠올리게 된 것은 팬데믹 때문이었다. 코로나가 심해져서 직원들 대부분 재택근무를 하는 동안 사무실을 지키느라 혼자 출근하게 되었다. 주위 음식점이 거의 문을 닫았고 설령 문을 연 곳이 있다고 해도 굳이 찾아갈 마음이 생기지 않았다. 처음에는 배달 음식을 시켜 먹었지만 일회용 용기가 엄청나게 나오는 데다 음식물 쓰레기를 처리하는 것도 보통 일이 아니었다. 그래서 빵과 과일을 사다 놓고 집에서 간단하게 점심을 챙겨가기 시작했다. 하다 보니 익숙해져서 다양한 종류의 샐러드로, 직접 만든 샌드위치로, 여러 가지 맛의 주먹밥과 반찬으로 발전해갔다.

당연히 이 음식들을 어디에 담아가야 하나 고민하게 되었다. 도시락은 운반과 보관을 위한 용기이면서 그 자체로 테이블 위로 올라가는 식기이다 보니 기능과 미감에 있어서도 보통 그릇과는 다른 매력이 있다. 간단하고 편리하자면 투명 랩이나 쿠킹포일로 둘둘 말거나 지퍼 락에 넣어 가면 될 일이다. 하지만 환경문제도 고려해야 하니 일회용 포장을 사용하는 대신 찬장 깊이 넣어둔 도시락통들을 꺼냈다. 삼나무 향이 은은하게 배어 나오는 나무 도시락통, 예전보다 사이즈는 작아졌지만 기능은 여전히 쓸만한 보온도시락, 새 모이만큼 담을 수 있는 1인용 도시락통과 밥과 반찬을 넉넉하게 담을 수 있는 3단 도시락통이 줄줄이 나왔다. 코로나가 잠잠해졌으니 망정이지 이런 상황이 조금 더 계속되었다면 밥이라도 멋지게 먹겠다며 찬합 세트를 샀을지도 모르겠다. 여러 도시락을 꺼내 놓으니 요깃거리를 싸는 데에서 한발 더 나아가 아예 본격적으로 점심을 준비하며 간단한 디저트, 커피 드립백까지 야무지게 챙겨서 출근하게 되었다.

좋아하는 가족, 친구, 동료와 함께 하는 점심식사도 좋지만 혼자 하는 점심도 생각보다 나쁘지 않았다. 예전 같으면 외톨이라느니, 사회성이 부족하다느니 하는 이야기를 들었을 '혼밥'이 예기치 못한 상황에서 갑자기 일상화되어 버린 것이다. 천천히 또 열심히 점심밥을 챙겨먹으며 '혼자 잘 살 수 없으면 다른 사람과도 같이 잘 살 수 없어' 하고 스스로에게 말한 사람이 나만은 아니었을 것 같다.

텅 빈 사무실에서 혼자 점심을 먹는 동안 조용한 테라스로 참새와 제비가 가끔 날아왔다. 격리 기간에 예상치 못한 방문자를 위해 집에서 좁쌀이나 쌀을 가져가 뿌려주며 밥 친구로 삼았다. 이때 가장 자주 생각났던 것은 조앤 디디온의

《상실The Year of Magical Thinking》에 나오는 문장이었다. "인생은 한순간에 달라진다. 평범한 어느 순간에.*"

이 말 그대로 우리 모두의 삶이 하루아침에 달라져버렸다. 사람으로 꽉 찬 지하철을 타고 출퇴근을 하고, 모두 어울려 밥을 먹고 마스크 없이 살았던 예전으로 돌아갈 수 있을까. 당연하던 일들이 멈춰버렸던 그 기간, 바라고 바랐던 것은 평범한 일상의 회복이었다.

"여러 가지를 골고루 먹을 수 있다는 건 그만큼 세상도 넓어진다는 뜻이지. 먹는 건 중요해. 만족스러운 음식을 매일 제대로 먹을 것, 그러면 무슨 일을 하든 잘될 거야."

이혼으로 아들을 혼자 키우게 된 아버지가 고등학교 3년 동안, 매일 도시락을 싸주는 이야기를 담은 일본 영화 〈461개의 도시락〉에서 할머니가 이런 말을 한다. '만족스러운 음식을 매일 제대로 먹는다'고 해서 엄청나게 맛있는 음식을 매끼 먹

* Life changes in the instant. The ordinary instant.

는다는 의미가 아닐 것이다. 힘들고 만사 귀찮을 때에는 밥 생각마저 사라지는 경우가 많다. 슬프고 마음 아픈 상황에서도 배는 고프고, 그 사실에 스스로에게 더 화가 나 밥 먹는 것이 싫어진다. 어떤 일이 생겨도 끼니 거르지 않고 제대로 밥을 먹을 수 있다면 자신의 일상을 지킬 줄 알고 평정심도 유지할 수 있는 대단한 정신력을 지닌 사람이다. 그런 사람이라면, 어떤 일이라도 다 해낼 수 있을 것이다.

생각해보니 그 힘들었을 때도 다들 자기 자리에서 혼자 밥을 먹고, 내내 마스크를 쓰고, 하루에도 몇 번씩 소독제로 손을 닦으며 일상을 지켜갔다. 다들 씩씩하게 버텨내는 모습을 보며 힘든 일도 결국은 끝이 있다는 것을 확신할 수 있었다. 한 입 먹을 때마다 왠지 목이 메던 팬데믹 도시락의 맛도 기억 속에서 희미해져 간다. 이렇게 지나가면 또 다 잊힌다.

"매일 도시락을 싸는 건, 매일 너를 생각하는 거야"

_영화 〈461개의 도시락〉 중에서

그릇에
실금이 가면,

내 마음은
이미
산산조각

그릇장을 정리하다 아끼던 유리 글라스를 하나 깼다. 좋은 와인잔이나 샴페인잔은 손잡이 부분이 워낙 얇게 만들어져서 살짝 부딪히거나 손이 미끄러지면 여지없이 깨져버린다. 아차 하는 생각에 너무 속상했지만 그 순간에도 '좋은 글라스는 깨지는 소리마저 아름답구나' 생각이 들었다. 세상 무너질 듯한 상황에서 유리 깨지는 소리에 귀를 기울이다니 진정한 사랑의 증거인가.

또 하루는 아침에 일어나 잠이 덜 깬 상태에서 주스를 마시려고 이딸라 유리컵을 꺼내다 손이 미끄러졌다. 싱크대에 살짝 부딪혔다고 생각한 컵은 정말 '파삭' 하고 깨져버렸다. 지금까지 그릇을 쓰며 깨뜨리거나 떨어뜨린 적이 별로 없는데 무슨 일일까 싶었다. 생각해보니 그 한 주가 꽤 힘든 시간이었다. 할 일은 밀려 있고 내 맘대로 되지도 않아서 신경 쓰다 보니 잠도 제대로 못 자고 이런저런 스트레스로 가득한 시간들. 마음이 복잡하거나 정신이 소란스러우면 실수를 하게 된다. 우리의 영혼은 손과 연결되어 있기에 그 연결이 완전하지 않을 때는 중요하거나 민감한 일을 하지 않는 편이 좋다. 손끝이 완전히 깨어나기 전에는 부엌에서 칼을 들거나 유리그릇을 만지는 일은 하지 않는다. 잠시 잊고 있다가 이렇게 연속해서 사고를 내고 말았다.

여행을 다니면 자주 그릇을 사오는데, 나름의 요령이 생겨서 그릇을 깬 적이 없었다. 하지만 몇 년 전 여행길에서 이 자신감이 산산조각 나고 말았다. 회청색의 얇고 예쁜 사각 접시 세트를 사서 여행 기간 내내 호텔방에 고이고이 모셔두었다. 여행 끝나고 돌아가는 길, 트렁크 따위는 알게 뭐냐는 마음으로 그릇이 든 가방 먼저 챙겼다. 짐을 부치면서도 그릇을 따로 휴대용 가방에 넣어 "이건 핸드캐리!" 하고 목청 높여 외쳤고 비행기 안에서는 코트로 둘둘 감싸두고 30분마다 안부를 확인했다. 인천공항에 내려 택시를 타고 집까지 문제없이 잘 도착했다. 엘리베이터를 타고 올라가다 트렁크 손잡이와 그릇을 담은 가방이 아주 살짝 부딪혔다. 그때 어디선가 들리는 맑고 투명하며 날카로운 소리. 찔끔 흐르는 눈물과 함께 산산조각 난 내 마음을 숨길 수 없었다.

스테인리스나 플라스틱으로 만든 것도 아니고 흙이나 유리로 만들었으니 언젠가 어떤 방식으로든 깨지는 것이 당연하다. 그런데 사랑하고 아끼는 대상이 내 실수로 잘못되었다고 생각하면 후회가 너무 오래간다. 잘못될 가능성이 있는 일은 잘못되기 쉽다. 그릇은 깨질 수밖에 없는 것이지만 깨지지 않도록 미리 위험 요소를 차단해 볼 수는 있었을 것이라고 내내 자책한다.

덤벙대고 크고 작은 사고를 자주 치는 편이라 일단 우리 집에 온 그릇에 대해서는 항상 신경 쓰고 조심한다. 좀 무거운 그릇을 한 손으로 잡으면 머릿속에서 '이거 잘못하면 떨어트릴 것 같은데' 하는 신호가 울린다. 이때 바로 멈춰야 한다. 무겁고 큰 그릇은 꼭 두 손으로 잡는 습관을 들여 놓아야 그릇도 나도 안전하다. 높은 데 있는 그릇을 꺼낼 때는 까치발 하고 바들바들 떠는 대신, 발판을 가져다 놓고 눈높이에서 꺼내야 한다. 그릇장을 만들 때는 한 칸을 너무 높지도 낮지도 않게 하고 그 안에 탄탄한 스테인리스 스틸로 된 그릇 랙을 넣어 그릇을 꺼냈다 넣었다 할 때 문제없게 했다.

그릇을 많이 겹쳐 놓으면 미끄러져 부딪히기도 하고, 오랜 시간 무게가 누른 탓에 미세하게 금이 가서 어느 날 갑자기 깨지기도 한다. 어쩔 수 없이 그릇이나 접시를 쌓아 놓아야 한다면 사이사이에 장식용 종이를 끼워 넣기도 하고 좀 더 무거운 그릇은 포장에 딸려오는 발포지를 적당하게 잘라 완충

재로 사용한다. 보기에 썩 좋지는 않지만 어디 잡지 화보에 낼 것도 아니고 좀 흉하면 어떤가. 깨진 그릇 부여잡고 속상해하는 것보다야 훨씬 낫지.

그릇을 오랫동안 좋은 상태로 사용하려면 그만큼 신경 써야 한다. 나무그릇을 사용하고 나면 물에 오래 담가 놓지 않고 바로 기름기나 음식 부스러기를 닦아내고 얼른 씻어 마른 행주로 물기를 훔친 후 그늘에서 말린다. 미세한 구멍이 나 있는 토기나 옹기에는 김치처럼 색이나 냄새가 강한 것은 담지 않는다. 설거지할 때도 세제 대신 쌀뜨물이나 밀가루 푼 물을 사용해 기름기를 닦아내고 잘 말려 사용한다.

이런 그릇 사랑을 이해해주는 사람을 만날 때 가장 반가운데, 정목스님도 그런 분이셨다. 스님이 정각사로 오신 후 절을 둘러보러 갔는데 단정하고 아름다운 법당에 깜짝 놀랐다. 신자와 손님이 많이 오는 절이다 보니 공양을 위한 그릇도 많이 필요한데 역시 눈에 보이지 않게 차곡차곡 정리와 보관이 되어 있어서 감탄을 연발했다. 스님과 함께 채소 듬뿍 들어간 카레라이스를 먹으며 그릇을 잔뜩 사들이는 헛된 욕망과 어리석음을 고백했다.

스님은 크게 웃으시며 "너무 지나치지 않다면 좋아하는 것을 좋아하는 것이 나쁘다고 할 수만은 없지요. 이미 갖고 있는 것을 충분히 쓸 생각을 해보는 것이 좋아요. 물건이나 사람이나 마찬가지여서, 너무 지치고 힘들게 괴롭히는 것은 좋지 않으니 여러 개 놓고 돌아가며 써서 쉴 틈을 주는 것이 좋겠네" 하고 위로를 해주셨다.

좋은 이야기를 들어도 그때 뿐, 홀딱 까먹기 일쑤인데 이상하게도 스님의 이 말씀은 머릿속에 오래 남았다. 계절마다 때마다 그릇을 돌려쓰고 맨 아래 겹쳐 놓은 그릇은 순서를 바꿔주며 너무 많이, 자주 사용하는 그릇은 없는지 나름대로 점검해보곤 한다. 일이 너무 힘들고 내상이 조금씩 쌓여서 어느

정목스님과의 다과

날, "너무 힘들어! 에라, 모르겠다. 될 대로 되라지!" 하고 그릇이 스스로 깨져버리거나 과로사 할까 봐 걱정되기 때문이다.

이렇게 신경 쓰고 조심해도 살짝 이가 나가기도 하고 실금이 가기도 한다. 중국에서는 레스토랑 그릇에 이가 나가는 것은 손님이 많고 장사 잘되는 집의 상징이라며 그냥 쓰곤 한다. 하지만 깨지거나 이가 나간 그릇은 안전 문제도 있고 볼 때마다 불안해서 계속 고민을 하게 된다. 버리기 아까운 그릇이면 옻칠, 금칠 등을 활용해 깨진 조각을 붙이거나 금이 간 부분을 메워주는 킨츠키를 부탁해보겠지만 일상적인 그릇은 문제 있는 부분을 살짝 갈아내고 소품을 담아두는 용도로 사용하기도 한다. 그 그릇을 구해서 쓰는 동안 생긴 추억이 너무 소중하기도 하고, 열심히 일하느라 고생했는데 낡고 상처가 났다는 이유로 홀랑 버리는 것이 미안하기 때문이다.

"어찌나 조심해서 그릇을 쓰는지, 친구나 동료들을 집에 불러 식사할 때 설거지를 해주겠다 하면 정색을 하고 말린다고. 남편과 집안일을 나눠서 하는데 좋은 그릇을 꺼내 쓴 날은 내가 설거지를 하지. 그래야 조심해서 그릇 깨는 일도 없고 혹시 그릇을 깨도 내 잘못이라야 받아들이니까."

테이블웨어 브랜드에서 일하는 친구와 밥을 먹다 이런 이야기를 했다. 그릇을 좋아하고 아낀다는 이야기를 하고 싶었던 것인데 친구의 반응은 내 기대와 달랐다. "관심과 사랑 같은 소리 하네! 너처럼 그릇을 '모시는' 사람이 많아지니 그릇 회사가 자꾸 파산하고 주인이 바뀌는 거라고! 그냥 막 써! 그릇은 그냥 쓰다가 깨지면 다시 사서 채워 넣어야 하는 거야!"

야단을 맞는데 조금 억울했다. 내가 그렇게 큰 잘못을 했는 줄은, 정말 몰랐다. 죄가 있다면 뭐, 그릇을 사랑한 죄. 너무 깊이 사랑한 죄밖에.

Old &
Wise,

오래될수록
빛나는

주위 친구들이 '할머니가 쓰던 그릇', '엄마가 쓰던 그릇'을 꺼내 들고 자랑을 하면 그렇게 부러울 수가 없다. 옛날 것들은 무조건 치워버려야 할 대상이었던 70년대를 지나 80년대 경제 성장기를 거쳐온 할머니와 어머니, 이모와 고모들은 앤티크나 빈티지에 별 관심이 없었다. 무조건 물건은 새것이 최고였고 힘들고 어렵던 시대를 생각나게 하는 옛날 물건들은 언제든 기회가 되면 치워버려야 할 대상이었다.

빈티지 파이렉스Pyrex와 파이어킹Fire King이 인기를 끌면서 '아, 어디서 많이 본 그릇이다' 싶었는데 오래 전 외갓집 부엌 찬장의 한 칸을 차지하고 있던 기억이 났다. 미국과 일본 생활용품이 남대문 도깨비시장을 통해 전해지던 시절에 사 놓으셨던 그릇인데 지금은 어디로 가버렸을까. 결혼 전 살림을 사들이며 "다른 집은 딸 결혼을 위해 그릇 세트도 사두고 냄비와 프라이팬도 챙겨둔다는데 엄마는 뭐 그런 거 없어?" 하며 지금쯤이면 빈티지 제품으로 귀한 대접받을 웨지우드 커피잔의 행방을 물어보았다. "예쁘고 좋은 것들이 얼마나 많이 나오는데, 왜 옛날 걸 찾아? 그냥 요즘 나오는 걸로 사!" 하는 답이 돌아올 뿐이었다. 대대로 물려받은 그릇을 자랑할 기회 같은 것은 나와는 별 상관이 없는 일이었다.

물려받을 빈티지 제품이나 골동품은 없으니, 다른 누군가가 소중히 여겨 오래 사용하던 물건을 찾으면 되었다. 누군가의 손길로 새 물건 특유의 과도한 반짝거림을 닦아낸 빈티지 그릇은 훨씬 더 안정되고 친근해 보인다. 매 시즌 아니 매일 신제품을 쉬지 않고 만들어내 끝없는 소비를 조장하는 세상에서 무언가 사고 싶으면 빈티지 제품이나 중고품을 사는 것이 나름의 환경운동이 아닐까 생각도 들었다. 그래서 여행을 가면 빈티지 숍이나 중고품 가게를 들락거렸고 동네 벼룩시장도 들러보곤 했다.

쉬운 일은 아니었다. 일단 앤티크 마켓이나 빈티지 숍에 들어가면 가게를 가득 채운 오래된 물건이 강력한 오라를 내뿜는 탓에 정신을 차릴 수가 없다. 눈썰미 좋고 경험이 많은 사람이라면 산더미처럼 쌓여 있는 오래된 물건 중에서 가치 있고 취향에 맞는 것을 기가 막히게 찾아내겠지만 나는 선택의 여지가 너무 많으면 아예 아무것도 고르지 못하는 편이다. 그래서 너무 큰 가게에는 좀처럼 발을 들여놓지 못한다. 이미 주인이 한 번 고민해 적절하게 '편집'을 해놓은 곳이 가격이 조금 비싸도 마음이 편하다.

물론 그런 가게에 들어가서도 한참 고민해야 한다. 정확한

HARLEKIN

제작 연도나 진품 여부 같은 것은 나 같은 평범한 사람은 제대로 알 수 없다. 전문가의 도움이나 추천, 상의가 필요한 이유다. '정가'가 붙은 신제품이 아니라 파는 사람이 가치를 부여해 결정한 가격이다 보니 그 물건에 어느 정도까지 돈을 지불할 것인지 내 나름의 결단력도 필요하다. 빈티지 붐이 이어지며 이미 좋은 것은 전문 수집가들이 사들였고 사람들의 관심이 높아지며 가격도 많이 올랐기에 상태가 좋은 제품을 싼 값에 사기는 쉽지 않다.

> "2달러 주고 산 접시가 나중에 알고 보니 명나라 때의 보물이었다는, 뉴스에 나올 법한 일은 기대도 하지 말고 그냥 일상의 즐거움을 위해 빈티지 그릇을 골라 봐요. 기막히게 멋진 물건을 쉽게 만들어내는 요즘, 딱 하나 못 만들어내는 것이 세월의 무게니까."

파리 벼룩시장에서 만난 한 셀러의 이야기에 마음이 좀 편해졌다. 본인 말로도 '앤티크 물건들이 좋아서 사들이다 이제는 더 둘 데가 없어서 팔러 나왔다'는 아저씨였는데 여러 그릇을 들춰 보는 동안 오래된 그릇들에 대해 이런저런 이야기를 듣게 되었다.

빈티지 그릇을 살 때 확인할 것은 크게 세 가지. 첫 번째는 이가 나가거나 조각이 살짝 떨어지지 않았나 살펴본다. 아주 미세하게 깨진 경우 어두운 곳에서는 구분하기 어려울 수도 있는데, 이럴 때는 눈으로 확인하는 게 아니라 손가락 끝으로 살살 밀어가며 확인하는 편이 좋다고 한다. 둘째, 금이 간 그릇도 조심한다. 일단 금이 가기 시작하면 시간이 흐를수록 점점 더 갈라지게 되니 꼼꼼한 확인이 필요하다. 확인이 어려울 때는 살짝 두드려 소리를 통해 판단해보라고 했다(이것도 많이 해본 사람들 이야기지, 나 같은 막귀는 그 소리가 그 소리 같아서 구분하기가 쉽지 않다). 마지막으로 그릇의 유약이나 표면층이 갈라지는 것도 문제인데 갈라진 틈에 음식물이 스며들어가면 착색이 되기도 하고 위생상 문제가 생길 수 있으니 식기보다는 장식용으로 사용하는 편이 좋다고.

이렇게 내가 사놓은 빈티지 그릇 중 가장 오래된 것은 헬싱키 앤티크 숍에서 구한 아라비아 핀란드의 1940년대 커피잔이다. 금박이 군데군데 벗겨진 얇은 도자기이지만 80년을 굳세게 버텨온 덕에 행운의 부적 같은 느낌을 준다. 런던 빈티지 숍에서 샀던 커피잔은 나중에 보니 컵과 소서가 한 세트가 아니었지만 사용에 문제는 없으니 넘어가기로. 핀란드 작은 도시인 포르보에 갔다 동네 앤티크 숍에서 로얄 코펜하겐 하프 레이스 디저트 접시에 엄청나게 싼 가격이 붙어 있기에 살펴보니 접시 수평이 살짝 안 맞는 B급이었다. 공장에서 기계로 만드는 요즘이라면 존재하지 않았을 실수라 재미로 사오기도 했다. 먼지 뒤집어쓰고 있는 그릇을 사와 깨끗하게 씻어 반

짝거리는 미모를 되찾아주는 일도, 완벽하지 않아서 버려질 지경의 물건을 구출해 사용하는 일도 즐겁다. 백화점이나 그릇 전문점처럼 문제없는 최신 제품을 파는 곳에서는 절대 경험할 수 없는 재미다.

크고 작은 흠집이 나 있고 어딘가 조금 문제가 생기기도 한 빈티지 그릇은 시간의 공격을 이겨내고 살아남은 것들 특유의 담대한 느낌이 있다. 이 정도 상처쯤은 별 거 아니야 하고 말하는 것 같다. 누가 쓰다가 어떤 이유로 내 손까지 흘러오게 되었을까. 그릇을 살피며 여기에 담긴 역사와 스토리를 상상하다 앨런 파슨스 프로젝트The Alan Parsons Project의 노래 〈Old and Wise〉가 떠올랐다. 가사 중에 "나이 들어 현명해지면 쓰라린 말도 나에게는 별 의미가 없어지겠지/가을바람이 나를 스쳐 지나가겠지*" 하는 부분이 있는데 정말 그런가. 나는 여전히 쓰라린 말은 아프게 느껴지고 스쳐지나는 가을바람도 야속하게 느껴진다. 나이는 들어도 충분히 현명해지지는 않았기 때문일 것이다.

* When I'm old and wise Bitter words mean little to me/Autumn winds will blow right through me

가수 이상은이 노래했던 것처럼, 젊을 때는 그 젊음을 모른다. 어리고 젊었을 때 그 나이에 해야 할 일들을 충분히 했으니 아쉽지는 않다. 다만 점점 나이가 들면 싫어도 어쩔 수 없이 세상의 호의에 기대어 살아야 할 텐데 그것이 걱정이다. 도대체 어떤 세상이 펼쳐질지, 지금 주위에서 일어나는 일을 보면 막연하게 기대할 수도 없는 기분이다. 뭐 어쩌겠나. 지나간 시간은 내가 어쩔 수 있는 영역이 아니니 일단 지금을 잘 살아서 앞으로의 '과거'라도 잘 만들어 가는 수밖에. 포장에서 막 꺼낸 신제품으로 살아보았으니 그 다음에는 색도 좀 벗겨지고 여기저기 흠집과 얼룩이 남은 빈티지 레이블을 달고 살아도 보는 것이지. 그렇게 생각하니 조금은 위로가 되는 것 같기도 하다.

구스타브스베리 빈티지 커피잔

에필로그

여전히
그릇이 주는
즐거움을

포기할 수
없어서

"모든 사랑에는
끝이 있는 법이다"

그릇장을 바라보다가 갑자기 이런 생각이 들었다. 영원할 것 같았던 사랑도 어디쯤에서는 멈추게 되어 있으니 지금 이렇게 좋아하는 그릇들도 언젠가 의미 없이 느껴질지도 모른다. 그때가 되면 무엇을 치워 버리고 무엇을 남기고 싶을까. 부엌 바닥에 주저앉아 어떤 그릇을 제일 마지막까지 쓰게 될지 이런저런 상상을 해보았다.

인생 모든 게 헛되고 또 헛되다고 느낀 것은 예상 못하게 아프고 난 뒤라서일지도 모른다. 태어나 처음으로 '나중에'도 '다음에'도 없을 수 있다는 사실을 확인한 터였다. 시간이 충분하다고 생각해 하고 싶은 것을 미뤄 놓았는데 정작 그 미래가 오지 않을 수도 있었다니. 머리로 대충 알고 있는 것을 현실에서 경험하게 되니 정신이 번쩍 들었다. 중요한 것은 과거나 미래가 아닌 현재였고, 내가 일상을 누리는 지금 이 순간이었다. 새롭게 그 '현재'를 가볍고 산뜻하게 살아보고 싶어졌다. 필요에 의해서가 아니라 욕망으로 사들인 물건으로 가득한 내 인생과 내 집을 이쯤에서 한 번 정리해봐야 하지 않을까.

그래서 정리를 시작했고 그중에 그릇도 포함되었다. 사람이 한 번 밥 먹을 때 그릇을 열 개 스무 개 쓰지는 않으니(이제 와서 깨닫다니!) 자주 사용하지 않는 그릇, 손이 잘 가지 않는 그릇, 왜 샀는지 모르겠는 그릇들을 정리했다. 필요한 다른 사람에게 주기도 했고 누구도 관심 없어 할 것 같은 것은 과감하게 버렸다. 그동안 아끼느라 넣어둔 그릇은 다 꺼내 쓰기 시작했다. 앞으로의 인생에서는 갖고 있는 것 중 가장 좋은 것부터 먹고 입고 쓰겠다고 결심했다. "갑자기 오늘만 살기로 한 사람이 되어 버렸다"고 주위에서 놀리지만 그 덕에 하루하루가 조금 더 기분 좋아졌다.

"앞으로는 그릇이
필요 없어질지도 모른다지만"

내키지 않지만 동의하는 말이다. 사먹거나 배달시켜 먹거나 반조리 식품을 이용하면 음식이 일회용기나 간편용기에 담긴 채 식탁에 오르는 일이 많다. 샌드위치, 햄버거, 김밥, 피자 같은 음식들은 아예 포장 자체가 그릇이어서 먹고 난 후 쓰레기통에 버리면 끝. 복잡하게 그릇 여러 개를 갖춰 놓을 필요 없다는 말이 묘하게 설득력 있다.

하지만 여전히 온갖 그릇이 만들어내는 즐거움을 포기할 수 없다. 밥그릇, 국그릇, 반찬 접시, 종지, 대접 같은 한식기와 디너 플레이트, 샐러드 볼, 디저트 플레이트 등의 양식기들. 색깔과 모양과 크기가 다른 그릇을 골라 밥을 차려먹고 차를 마시면 복잡하기도 또 지루하기도 한 일상에 뭔가 변화와 여유가 생긴다. 그 덕에 잘 먹고 기운내서 또 열심히 살게 된다.

"세상에 존재하는 모든 품위 있는 것은
멜랑콜리한 구석이 있는 법이지"

《모비딕Moby Dick》에서 내레이터 역할을 하는 이슈마엘이 이런 말을 한다. 우리가 일상에서 쓰는 그릇들은 나름의 이야기와 역할을 지니고 있다. 졸업하고 막 일을 시작했을 때 처음 샀던 그릇. 친구와 후배들을 불러 밥을 먹을 때면 늘 꺼내 쓰는 그릇. 사고 싶지만 가격 때문에 몇 번이고 들었다 놓았다 반복했던 그릇. 이런 사연을 안고 식탁 위에서 맡은 일을 하는 그릇에는 담담한 품위 같은 것이 있다. 앞으로 언제까지 쓰일까 하는 생각에 뭔가 애틋함이 더해지기도 한다.

유명한 선생님들에게 요리 수업을 받고 노트에 빼곡하게 레시피를 정리했던 엄마가 어느 날 홀가분한 표정으로 "음식은 잘하는 데서 사먹는 것이 제일 맘 편하다! 요리나 주방살림에 열중하는 것도 다 한때야" 하고 이야기하는데 기분이 이상했다. 충분히 몰두해 보아서 별 아쉬움이 남지 않으니 가능한 일일까? 언젠가 좋아하는 그릇들에 더 이상 마음 설레지 않을 때가 오면 좀 슬퍼질 것 같기는 하다. 하지만 해야 할 일을 다 한 후 잘 헤어지는 것도 아주 중요한 인연이라는 사실로 위로를 삼게 될 것이다.

다들 사는 모습과 살고 싶은 모습도 다르고, 갖고 있는 그릇의 모양이나 개수도 다르겠지만 그릇을 꺼내 쓰며 그 안에 담는 것은 비슷하다. 나와 내가 좋아하는 사람들이 건강하고 행복하고 무탈하기를 바라는 마음. 오랫동안 일상을 함께해 온 그릇을 꺼내 음식을 담을 때면 이런 마음을 함께 꾹꾹 눌러 담는다. 그러니 나의 그릇 사랑은 끝날 때까지는 끝나지 않을 것 같다.

음식과 그릇에 대한 내 처음 기억을 만들어준 어머니와 외할머니.
맛있는 것 많이 먹고 그릇 찾아 사는 인생의 즐거움을 공유해준 동거인.
그릇에 담는 것은 음식만이 아니라 다정함과 위로라고 응원해준 오후의서재 유영준 대표와 한주희 편집자.
이 분들 덕에 책이 가능했습니다. 감사합니다.

부록

갖고 있으면 좋은 그릇들

외식이나 배달음식, 밀키트를 자주 활용하는 사람도 있고, 집에서 밥 해먹는 것을 좋아하는 사람도 있습니다. 그릇에 관심이 별로 없을 수도 있고 그릇을 좋아해 상 차릴 때마다 여러 가지 종류를 쓰고 싶은 사람도 있지요. 가족 수에 따라 갖춰야 할 그릇이 달라지기도 하고요. 어떤 그릇이 얼마나 필요한지는 각자 다르겠지만 일상생활에서 가장 자주 쓰는 그릇들이 어떤 것인지 그릇장 정리를 하며 한번 살펴보았습니다.

독립을 하거나 결혼을 하거나 해서 내 밥 내가 알아서 챙겨 먹게 되는 것이 진짜 독립인 것 같습니다. 저는 한식을 주로 먹는 편이라 밥, 국이나 찌개, 조림이나 구이 등의 요리, 간단한 반찬으로 차리는 밥상이 기본입니다. 양념과 국물 있는 음식이 많은 한식의 특성상 우묵한 모양의 그릇을 주로 사용합니다. 뚜껑이 있는 그릇인 '합'을 몇 개 갖춰 놓으면 음식이 마르지 않게 보관할 수 있고 그대로 상 위에 올릴 때도 조금 더 신경 쓴 분위기를 낼 수 있어요.

한식기

지름 12cm, 높이 6cm 정도의 밥그릇

요즘은 밥의 양이 점점 줄어 밥그릇도 작은 걸 쓰는데 물김치나 동치미 등을 일인용으로 담을 때도 사용합니다.

지름 14cm, 높이 5cm 정도의 국그릇

국이나 찌개를 덜어 먹을 때 쓰는데, 시리얼 볼로도 사용할 수 있는 크기입니다.

면기

면 요리를 좋아해 라면이나 냉면, 국수장국, 비빔국수 등을 자주 먹다 보니 꼭 필요한 그릇입니다. 비빔밥이나 덮밥 등을 담아 먹을 때도 좋아요.

지름 16cm 정도의 우묵한 접시

상 차릴 때 가장 많이 쓰는데, 불고기나 생선조림 등 메인 반찬을 담아 먹습니다. 소스를 듬뿍 얹어 먹는 파스타 담기에도 우묵한 접시가 더 좋더라고요.

지름 10~12cm 정도의 찬기

김치와 반찬 등을 담는 작은 그릇을 여러 개 사놓고 씁니다. 음식을 덜어 먹는 개인 접시로 사용하기도 합니다.

지름 7~8cm의 종지

각종 장류나 소스를 담아 먹을 때 사용합니다.

사각접시나 타원형 접시

생선구이는 직사각형이나 타원형의 기다란 접시에 담는 것이 먹기 좋습니다. 둥그런 그릇이 대부분인 식탁 위에 사각형이나 타원형 접시를 꺼내 놓으면 뭔가 경쾌함이 더해지는 것 같습니다.

양식기

24~27cm 디너 접시

작은 식탁에서 자리를 너무 많이 차지해 조금 부담되는 사이즈. 하지만 손님을 초대할 때나, 밥과 반찬 등 조금씩 담아 원 플레이트 세팅을 할 때는 큼지막한 접시 한두 개쯤 있으면 풍성한 느낌을 낼 수 있어요.

18~21cm 샐러드 접시

명칭은 '샐러드' 접시지만 토스트, 샌드위치나 계란 프라이와 간단한 채소 등 여러 상황에 다양하게 사용합니다.

14~16cm 디저트 접시

과일, 케이크, 파이 등의 디저트를 담기 좋은 작은 접시.

18~22cm 수프 접시

수프나 죽은 물론이고 샐러드, 카레라이스나 덮밥, 스튜 등도 담을 수 있어서 생각보다 자주 사용하는 편입니다.

20~23cm 샐러드 볼

샐러드 등 채소요리나 튀김, 찜 등 거의 모든 요리를 다 담을 수 있고 한식 상차림에도 무난히 사용할 수 있어서 식탁에 가장 자주 오르는 그릇.

15~18cm 시리얼 볼

시리얼이나 뮤즐리에 요거트를 담거나 과일이나 과자를 담으면 좋은 크기입니다.

30~41cm 플래터

통닭이나 등갈비, 로스트비프처럼 여럿이 나눠 먹을 부피 큰 음식을 담기도 하고 치즈와 햄, 과일과 크래커 등의 모듬 안주, 오드뵈르, 핑거푸드 등을 담을 때 사용합니다.

음료용

- 용량 100cc 전후, 높이 6cm 정도로 손에 잡기 좋은 물잔
- 용량 200cc 전후, 커피나 차를 마실 수 있는 컵과 소서로 구성된 찻잔 세트
- 홍차나 다양한 가향차를 좋아한다면 구경口徑이 넓은 차 전용 잔
- 에스프레소 커피를 좋아한다면 데미타스 커피잔
- 청량음료나 주스, 커피나 차 등을 마실 때 쓰는 머그잔
- 와인이나 위스키 등 좋아하는 술에 어울리는 전용 잔

같은 크기나 용도라고 해도 색깔이나 문양을 달리해서 더 갖고 싶다 생각이 들기도 하고, 특별한 모양의 그릇에 뭔가 색다르게 음식을 담아보고 싶어지기도 하고. 쓸모 있는데 예쁘기도 한 그릇들 몇 개 더 산다고 큰일이 나지는 않을 거라는 생각이 들기 시작하고… 이럴 때 조심하셔야 합니다. 어느 날 돌아보면 수납장에 여러 가지 그릇이 잔뜩 들어있게 될 테니까요!

여기, 좋은 마음만 담기로 해

초판 1쇄 인쇄 2025년 5월 10일
초판 1쇄 발행 2025년 5월 15일

지은이 김은령

발행인 유영준
편집팀 한주희, 권민지, 임찬규
마케팅 이운섭
디자인 형태와내용사이
인쇄 두성P&L
발행처 오후의서재
출판신고 제2017-000130호(2017년 1월 11일)

주소 서울시 강남구 봉은사로16길 14, 나우빌딩 4층 쉐어원오피스(우편번호 06124)
전화 (02)554-2948
팩스 (02)554-2949
홈페이지 www.wisemap.co.kr

ISBN 979-11-981461-7-5 (03810)

· '오후의서재'는 '와이즈맵'의 논픽션, 에세이 브랜드입니다.
· 와이즈맵은 독자 여러분의 소중한 원고와 출판 아이디어를 기다립니다.
출판을 희망하시는 분은 book@wisemap.co.kr로 원고 또는 아이디어를 보내주시기 바랍니다.
· 파손된 책은 구입하신 곳에서 교환해 드리며 책값은 뒤표지에 있습니다.